Liaison interdite

RILEY PINE

Liaison interdite

Traduction française de
ALBA NERI

MAGNETIC

HARLEQUIN

Titre original :
MY ROYAL HOOK-UP

HARPERCOLLINS FRANCE
83-85, boulevard Vincent-Auriol, 75646 PARIS CEDEX 13
Service Lectrices — Tél. : 01 45 82 47 47

www.harlequin.fr

ISBN 978-2-2804-1703-7

1

Damien

Je fais tournoyer le liquide ambré dans mon verre en cristal taillé. J'entends les bouchons de champagne qui sautent, une salve d'applaudissements à l'intérieur du club. Signe que Marius, le propriétaire du Voile, a fini de repasser le film du Rallye de Nightgardin. Encore une fois.

Ce guignol. Il s'entête à me faire de la lèche, pourtant j'ai déjà loué sa salle VIP pour la nuit et dépensé mes gains dans son club comme s'ils ne valaient rien. Ce qui est d'ailleurs le cas.

Des fêtards ivres font la java dans la rue, sous le balcon… Tout ça parce que j'ai été assez casse-cou pour utiliser le frein à main. Le dernier pilote à avoir tenté un coup pareil a fait plusieurs tonneaux et trouvé la mort avant que l'équipe technique ait pu lui porter secours.

Je n'ai pas eu cette chance-là, et je me trouve donc entouré d'inconnus qui trinquent à mon exploit comme si j'étais un être exceptionnel, alors que nous savons tous que la vérité est bien différente.

Je suis un frère méprisé. Un prince banni. Un assassin.

Mais ces gens-là me considèrent comme un personnage hors norme. Pour eux, je suis le riche play-boy, doublé d'une tête brûlée, qui roule à tombeau ouvert et ne pense qu'à flamber son fric, pourvu que la fête et le tourbillon ne s'arrêtent jamais.

— Votre Altesse ? Marius m'a demandé de veiller à ce que vous ne manquiez de rien. Puis-je vous proposer un autre verre ? Ou peut-être souhaitez-vous quelque chose à manger ? De la compagnie pour la soirée ?

Je ne daigne pas me retourner vers celui qui a le culot d'utiliser ce titre pour s'adresser à moi.

Votre Altesse.

Plus personne ne m'appelle comme ça, non pas parce que je l'ai demandé, mais parce que chacun sait qu'un prince d'Edenvale en exil n'a ni rang ni dignité, et encore moins ici, à Nightgardin, territoire ennemi pour mon père et mes frères. Autrement dit, cet imbécile se fout de moi.

Je lève mon verre de scotch à peine touché, toujours dos à l'homme, pour qu'il comprenne que je souhaite « fêter » mon exploit seul avec moi-même.

Le crissement de ses chaussures sur le sol m'indique que le message n'est pas passé.

Alors je peins sur mon visage un sourire nonchalant et je pivote pour le regarder.

— La fête, c'est à l'intérieur. Je n'ai besoin de rien, dis-je en me forçant à l'amabilité.

L'inconnu a des cheveux très bruns et la peau bronzée, et sa tenue n'a rien à voir avec celle des serveurs de la salle VIP de Marius — élégant costume sombre, boutons de manchette dorés, mocassins italiens. Je porte pour ma part un jean et une chemise dont les manches retroussées laissent voir les tatouages sur mes avant-bras. Mais je n'ai pas pour autant oublié la tenue d'apparat dans laquelle j'ai grandi — je la vois sur mon frère Nikolaï chaque fois que le portrait du futur roi d'Edenvale se retrouve à la une d'un magazine ou sur un écran de télévision.

— Très bien, Votre Altesse. Mais si vous avez besoin de quoi que ce soit, je suis à votre service.

Quand il sourit, une canine en or étincelle dans le soleil couchant.

— Dites à Marius que j'apprécie son attention, mais tout ce que je veux, c'est qu'on me laisse tranquille.

L'homme hoche obligeamment la tête et repart à l'intérieur du club sans un mot de plus.

Je sais que la seule chose qui intéresse vraiment Marius, c'est que je revienne dilapider mon fric dans son club. Mais m'envoyer ce sous-fifre qui me traite d'altesse, c'est pousser le bouchon un peu trop loin.

Je finis mon verre cul sec et me faufile dans la salle bondée, que je traverse sans que personne ne remarque ma présence. Ils sont là pour s'amuser et boire à l'œil, pas pour moi. J'atteins l'escalier de service et descends jusqu'à la porte de derrière pour atteindre l'allée où m'attend mon Alfa Romeo rouge — celle avec laquelle j'ai gagné la course.

Mais apparemment, un peu de solitude, c'est trop demander ce soir, parce que ma voiture n'est pas seule à m'attendre. Juste à côté, une très belle femme brune est appuyée contre le mur de brique du club. Ses boucles à la Botticelli tombent en cascade sur ses épaules nues et frôlent la naissance de ses seins, là où s'arrête une minirobe bustier qui sculpte des courbes parfaites. Au bout de son doigt pend une sandale dont le talon vertigineux est cassé. Dans l'autre main, elle a un verre rempli d'un liquide transparent. Pendant quelques secondes, je suis incapable de détourner le regard de cette fille sublime. Mais aussitôt, je me rappelle que toute femme qui retient mon attention plus longtemps que ça devient forcément un problème. Alors je me secoue et je fonce vers ma voiture.

Au moment où je sors mes clés, j'entends encore résonner à mes oreilles l'écho moqueur des « Votre Altesse ». Il faut que je dégage au plus vite. J'ai besoin de me vider la tête.

Imprudemment, je cède tout de même à la tentation de jeter un nouveau coup d'œil à la femme, et c'est alors que je remarque son genou ensanglanté.

Ma parole…

Je fais un pas vers d'elle.

— Tu as besoin d'aide ?

Elle sursaute et j'ai même cru qu'elle allait crier. Pourtant elle se ressaisit aussitôt et reprend sa contenance avec une rapidité qui trahit une longue pratique. Comme quand j'affiche mon sourire nonchalant.

— Je devrais pouvoir survivre à un talon cassé, répond-elle.

Rien à faire, je ne peux pas la laisser comme ça. Je m'approche et remarque les égratignures qu'elle porte aussi sur ses paumes.

Elle hausse les épaules.

— Au moins, j'ai sauvé mon cocktail.

Je suis tout près d'elle à présent et, malgré son unique talon de dix centimètres, je la dépasse largement. Le bout des orteils de l'autre pied, vernis d'un rose délicat, est posé sur le bitume. Mes yeux remontent lentement jusqu'à sa poitrine, qui se soulève à un rythme rapide, puis à ses lèvres brillantes et ses yeux sombres. Je pourrais me noyer dans la profondeur de son regard.

J'esquisse un mouvement de menton vers son verre.

— C'est quoi ?

— Vodka soda.

— Parfait.

Je saisis alors la doublure déchirée de sa robe, dont un pan effiloché pend à mi-cuisse. Elle proteste, indignée.

— Oh ! Mais qu'est-ce que tu fais… ?

Sans répondre, je trempe le bout de tissu dans son verre et m'accroupis. Quand je pose la main derrière son genou en sang pour bien le tenir en place, je ne peux que voir la dentelle en haut de ses cuisses nues.

Elle prend une inspiration quand je presse le tissu

imbibé contre la blessure, mais quelque chose me dit que ce n'est peut-être pas à cause de la brûlure de l'alcool sur sa peau.

Je n'aurais eu aucun mal à ignorer la vue de sa petite culotte mais, bon sang, son odeur — musquée, douce — titille mes narines et je dois faire appel à toute ma force de caractère pour ne pas remonter les doigts et vérifier ce que je devine : que le miel de la belle inconnue trempe la jolie dentelle rose.

— Je ne sors pas beaucoup, indique-t-elle d'une voix parfaitement maîtrisée pendant que je nettoie la plaie. Je n'ai pas l'habitude de ce genre de chaussures.

Quand je lève la tête vers elle, elle soutient mon regard sans aucune gêne. J'ai l'impression que ses yeux me sont familiers, mais je n'arrive pas à les situer. Pourtant, je m'en souviendrais — oh, que oui ! — si j'avais déjà rencontré cette femme. Puis, contre tout ce que me dicte la prudence, je propose :

— Tu veux que je te raccompagne chez toi ?

Elle jette un coup d'œil vers l'Alfa Romeo, puis vers moi, et sa bouche gourmande esquisse un sourire malicieux. Soudain, elle prend ma main et la glisse entre ses cuisses, ce qui confirme mes soupçons.

— Je pensais que tu n'allais jamais le demander !

Juliet

L'Alfa Romeo ronronne comme une panthère en roulant sur la route en lacets, une route si escarpée qu'elle donne le vertige. Je parcours de mes doigts les coutures du siège en cuir couleur caramel.

L'intérieur de l'habitacle est un chef-d'œuvre du design italien.

— Et où est-ce qu'on va ? demande Damien tout bas.

— Je m'en fiche… Juste… Conduis vite ! S'il te plaît !

Il répond par un léger haussement d'épaules, mais l'instant d'après la voiture s'élance à flanc de montagne à plus de cent quarante kilomètres à l'heure. On roule tellement vite que le paysage derrière la vitre n'est plus qu'une masse floue. J'ai envie de me pincer pour m'assurer que je ne rêve pas.

Sept cents mètres plus bas, la fille du Voile que j'ai choisie au hasard a gardé ma robe noire trop sage et les deux mille euros que je lui ai filés avec. Sa microrobe me serre tellement qu'on dirait qu'elle est tatouée sur ma peau. C'était un échange complètement fou, mais je ne regrette rien. C'est bon de faire des folies, pour une fois.

Le jour où j'ai eu mes premières règles, ma mère a décrété que je n'avais plus le droit de grimper aux arbres ni de jouer au football avec les enfants des domestiques. Il était temps que je commence à me comporter comme une princesse du Nightgardin, c'est-à-dire que je devienne une petite femme corsetée, guindée, coincée de chez coincée.

Dès la seconde où j'ai atteint ma maturité sexuelle, c'était « bye-bye fun » et « bonjour tristesse ». Je porte des fringues qu'on imaginerait plus sur une vieille nonne que sur une fille de vingt et un ans.

On m'a appris à marcher d'un pas compassé, les

yeux rivés au sol — surtout s'il y a des hommes à proximité — le temps qu'on arrange mon mariage. Après cet événement béni, j'aurai le *privilège* d'avoir des relations conjugales dans le seul but de procréer et de mettre au monde un héritier qui sécurisera le vénérable trône de Nightgardin.

Regardons les choses en face… Je suis un poisson rouge voué à faire des cercles absurdes dans mon aquarium doré jusqu'au jour où l'on me jettera avec l'eau du bain — façon de parler.

L'Alfa Romeo dérape sur du gravier et quitte la route asphaltée. La ceinture de sécurité s'enfonce entre mes seins. Ma poitrine se contracte. Une corniche abrupte se profile à quelques mètres de l'avant du capot.

J'écarquille les yeux. Je reconnais cet endroit. On l'appelle le « Saut des Amants ».

Il y a des siècles, deux amants maudits auraient mis fin à leurs jours et à leur malheur en sautant du haut de cette falaise. Je ne connais pas les détails de la légende. Mère, la reine régente, avait interdit à mes gouvernantes de me remplir la tête de ces « stupides idées romantiques ». Elle avait concocté un programme de lecture pour moi, avec peu de romans et des tas d'ouvrages réalistes, de préférence des biographies de femmes altruistes qui s'étaient sacrifiées pour leur patrie.

L'homme assis au volant regarde la route, mais je sais qu'il surveille aussi chacun de mes mouvements.

J'ai la chair de poule. Je songe à la sensation de

sa grande main à la paume calleuse sur l'arrière de ma cuisse, tout à l'heure, et je me sens fondre.

Il finit par parler.

— J'avoue qu'il m'a fallu un petit moment pour resituer ton joli minois, mais j'ai trouvé… princesse Juliet !

Je n'arrive pas à réprimer une grimace.

— Tu ne portes pas la robe de bure typique de Nightgardin, ce soir. Ta tenue m'a déconcerté.

Il tend le bras et sa main se pose sur mon genou puis remonte légèrement. À peine quelques centimètres. Cela suffit à incendier ma peau.

Il presse ma cuisse, tout doucement. Je frémis de la tête aux pieds et mon pouls s'accélère.

— C'est l'heure de vérité. Quel est ton plan ? Tu cherches à déclencher une putain de guerre avec Edenvale ou quoi ? ironise-t-il avec un rire amer. Si c'est le cas, bonne chance ! La rumeur dit qu'on te tient à l'écart des réalités du monde, alors permets-moi de te faire un petit topo : ma famille m'a rejeté. Parce que, vois-tu, j'ai causé la mort d'une jeune femme. Une fille de ton âge, *princesse.*

Je repousse sa main.

— Je suis au courant, dis-je en serrant les dents. Et je ne souffrirai pas qu'on me traite avec condescendance, *prince* Damien.

— Damien tout court. J'ai été dépouillé de mes titres quand on m'a banni.

Il frotte avec indolence son menton mal rasé avant de continuer.

— Mais… si tu sais que je suis dangereux et que

ma famille bien-aimée m'a renié, pourquoi m'avoir piégé pour que je te kidnappe et que cela provoque un conflit diplomatique ? Qui te paie ?

— Qui me paie ?

La bonne blague ! J'éclate de rire, et bon sang, ça fait du bien. À la cour, je suis obligée de rester impassible quoi qu'il arrive. D'après Mère, « c'est le propre d'une reine que de conserver sa dignité en toutes circonstances ».

— Je vais me marier.

Et mon rire s'arrête aussi sec.

— Je n'ai aucune intention de créer un incident diplomatique. Je suis ici, avec toi, parce que les servantes du palais aiment beaucoup colporter les ragots et qu'il se trouve que j'ai une excellente ouïe. Elles racontent que Damien Lorentz, le prince banni d'Edenvale, sait comment contenter une femme. Tes talents en la matière sont légendaires, même de l'autre côté de la frontière.

— C'est vrai, c'est ce qu'on dit ? s'exclame-t-il en riant à son tour. Je suppose que j'ai dû séduire plus que ma part de domestiques…

— Moi, je viens d'apprendre que je vais bientôt épouser Rupert Dingleworth, le duc de Wartson.

Il fronce les sourcils en une mimique d'incrédulité.

— N'importe quoi ! Ce vieux bouc a plus de soixante ans !

— Cinquante-sept, mais on n'est pas à trois ans près. Wartson a soumis un échantillon à l'hôpital royal, et les résultats indiquent sans l'ombre d'un doute qu'il est apte à procréer.

— Ce n'est pas possible, tu plaisantes, répond-il, mi-horrifié, mi-hilare. Tu es vraiment en train de me dire qu'il a soumis son sperme à des tests pour vérification ?

Je hoche la tête.

— Dans mon monde, le mariage a un but très précis : la procréation.

— Pardonne-moi, princesse, mais… quel pays à la noix !

— Le devoir avant le plaisir. C'est un principe. C'est grâce à cela que notre lignée perdure depuis plus de dix siècles.

Je frémis intérieurement en m'entendant parler : j'ai le même ton cassant que Mère.

— Cinquante-sept ans ! murmure-t-il, comme pour lui-même. Et toi, tu as quel âge ? Dix-huit ans ?

Il exagère.

— Vingt et un depuis la semaine dernière.

— Assez vieille, donc, pour que le duc de Wartson déverse dans ton ventre son sperme certifié ?

J'accuse le coup et son sourire sarcastique s'efface aussitôt.

— Je suis désolé, Juliet, déclare-t-il d'un air bourru. Ce n'est vraiment pas drôle, ce qui t'arrive. Mais je ne vois pas ce que je viens faire là-dedans.

Autant aller droit au but. Je lâche la vérité :

— Je suis vierge. Je comprends les obligations qui m'incombent en tant que future reine, mais… j'aurai toute la vie pour faire des enfants avec Rupert. Tout ce que je demande, c'est quelque chose qui m'aidera à tenir pendant les longues années de solitude qui m'attendent.

J'hésite, me passe la langue sur les lèvres, soudain intimidée.

— Un souvenir… Le souvenir d'une nuit de plaisir absolu. Et c'est là que tu interviens.

2

Damien

— Tu connais l'histoire de cet endroit ?

J'ai arrêté la voiture sur une sorte de terre-plein au bord de la falaise et je pose la question alors que nous fixons tous les deux le vide devant nous. La nuit est tombée et l'obscurité nous entoure.

Elle secoue la tête avec timidité et j'essaie de comprendre comment cette jeune femme a pu grandir aussi éloignée des réalités du monde.

— Il y a plusieurs siècles, un prince de Nightgardin, Maximus, est tombé fou amoureux de Calista, une princesse d'Edenvale.

— De la pure poésie médiévale, on dirait ! commente-t-elle, moqueuse.

Je hausse les épaules.

— J'oubliais que ce n'est pas mon âme de poète qui t'a fait venir me chercher, n'est-ce pas, princesse ?

Elle se rembrunit, alors je continue.

— La princesse avait accompagné son père, venu établir un traité de paix avec son voisin. Bien sûr, les tractations entre les deux rois n'ont jamais abouti. Mais ce jour-là, on avait chargé Maximus de faire visiter le domaine royal à Calista pendant que leurs pères négociaient. Ça a été le coup de foudre…

Elle glousse, mais sa main couvre aussitôt sa bouche et le rouge lui monte aux joues.

Je lève un sourcil et elle croise les bras en un mouvement de défi. Ça lui va bien.

— Le coup de foudre ? fait-elle. Allons ! On a beau avoir décidé de mon avenir et de toute ma vie sans que j'aie eu mon mot à dire, je ne me laisse pas aller à croire aux contes de fées. À quoi bon perdre son temps avec des histoires aussi ridicules ? Je ne suis pas naïve à ce point !

Je hausse les épaules.

— Comme il vous plaira, Votre Altesse. Je n'ai pas besoin de finir l'histoire, alors…

À ces mots, elle pose une main sur mon avant-bras et le contact de sa peau me fait l'effet d'une décharge électrique.

— S'il te plaît, murmure-t-elle. Continue !

Je saisis sa main pour la remettre sur ses genoux. J'ai besoin de garder mes distances.

— Je n'ai aucune envie de passer les deux prochaines décennies dans une prison à Nightgardin, sache-le… Mais puisque tu le souhaites, je continue…

J'inspire pour reprendre contenance en me demandant si elle a ressenti la même chose que moi. Puis je secoue la tête pour effacer cette idée ridicule.

— Quand les deux monarques sont sortis du salon où ils parlementaient, personne n'a pu leur dire où se trouvaient leurs enfants. On a découvert la duègne de la princesse dans les bois, attachée à un arbre et bâillonnée pour qu'elle ne puisse pas appeler à l'aide. C'est elle qui a révélé que les jeunes amants étaient partis à cheval quelques heures plus tôt par l'un des sentiers sinueux qui zèbrent les flancs de cette montagne.

Je regarde sa poitrine monter et descendre, je vois son cou et ses joues rosir et devenir, me semble-t-il, de la même nuance que la petite culotte que j'ai aperçue tout à l'heure.

Elle déglutit et, dans le silence qui s'installe, quelque chose fait de cet instant l'expérience la plus intime que j'aie vécue depuis très longtemps.

— Ils sont venus ici ? interroge-t-elle dans un murmure.

Je hoche la tête.

— À cette époque reculée où les routes n'existaient pas, ce belvédère était un dais de feuillage luxuriant, l'endroit parfait pour abriter les étreintes de deux jeunes héritiers royaux…

Elle déglutit à nouveau et je prends un malin plaisir à faire durer le suspense. Au lieu de continuer, je me penche vers elle et mes lèvres viennent frôler son oreille. Mon imprudence me perd, car elle sent si bon la vanille que j'ai envie de goûter sa peau sur-le-champ. Je chuchote :

— Et… princesse ? Il n'y a rien de plus beau que l'union de deux êtres qui s'aiment d'un amour pur et sans mélange.

Elle émet un petit bruit à peine audible, et pourtant terriblement dangereux. Pour moi.

— La duègne de Calista conduisit les gardes du palais et les hommes d'armes qui accompagnaient le roi d'Edenvale. On dit que ce dernier a levé la main sur sa fille déshonorée, et que Maximus s'est interposé pour la défendre. Ils n'ont pas eu le temps de plaider leur cause. Des épées se sont levées de part et d'autre : la guerre était déclarée. Mais les deux amants s'étaient déjà donné la main et ils s'étaient mis à courir droit devant eux, jusqu'à ce qu'il n'y ait plus de sol sous leurs pieds.

Je me redresse et vois une larme couler au coin de l'œil de la princesse.

— Je ne connaîtrai jamais un amour comme le leur.

Elle a parlé dans un souffle et sa voix tremble. Un rire amer m'échappe.

— Tu as vraiment envie de connaître un amour qui t'envoie dans la tombe ? Si c'est le cas, tu es encore plus bête que je ne le pensais.

Elle lève la main pour me gifler, mais je lui attrape le poignet à temps.

— De quel droit me juges-tu ? demande-t-elle, les dents serrées. Toi, tu voyages comme tu veux et tu fais tout ce que ton cœur te dicte. C'est un luxe que je ne connaîtrai jamais. Tu comprends ? Tu es peut-être banni, mais tu es libre.

Ma prise se serre sur son poignet, puis je la libère. Ce que mon cœur me dicte… Quelle putain de blague ! Je m'emporte :

— Sache que mon cœur est mort dans l'accident qui a tué la seule personne que j'ai été assez stupide pour aimer. Alors ne viens pas me parler de liberté. Je suis prisonnier de mon sort, comme toi.

Et si je lui donne ce qu'elle est venue chercher ce soir, je croupirai jusqu'à la fin de mes jours dans la prison de haute sécurité de Nightgardin… et encore, si le roi ne me tue pas avant ! Et je serais plus idiot qu'imprudent si je pensais qu'il n'essayera pas.

J'ai jeté à jamais ma sécurité aux orties le jour où j'ai couché avec la fiancée de mon frère. Je n'ai rien — plus rien — à perdre.

— Alors tu refuses de m'accorder ce que je te demande ? interroge-t-elle en relevant le menton.

Je m'amuse à la provoquer.

— Tu es consciente que c'est un acte de trahison que tu me réclames ? Je suis peut-être un homme sans pays, mais le tien tolère ma présence depuis un certain temps. Pour moi, c'est ce qui se rapproche le plus de la sécurité d'un foyer…

Je ne suis pas assez fou pour penser qu'un coin du monde voudrait de moi, et encore moins celui-ci. Mais un acte contre Nightgardin, même par un prince banni d'Edenvale, mettrait toute ma famille en danger.

— J'aurai besoin d'une sorte… d'assurance. L'assurance que tu ne vas pas me dénoncer tout de suite après. Ou alors, si c'est ton but, donne-moi au moins une petite chose qui marchera pour ma défense devant un tribunal de Nightgardin. Même si je doute fort qu'on prenne la peine de me juger…

Je plaisante surtout parce que je sais que cette soirée ne peut se terminer que d'une seule façon : avec moi derrière les barreaux et ma famille qui n'est pas au courant.

Elle s'éclaircit la gorge.

— Très bien, dit-elle. Est-ce que tu connais quelque chose à la législation de Nightgardin ?

Je m'esclaffe.

— J'en sais assez pour comprendre qu'une nuit avec toi me coûterait la vie, mais ça on l'a déjà dit. À quoi tu joues, princesse ?

Elle baisse la tête.

— S'ils découvrent que j'ai menti, que je suis venue en ville pour m'acoquiner avec un prince d'Edenvale au lieu de rester à prier et à me recueillir, tu ne seras pas le seul à t'être rendu coupable de trahison.

Ma gorge est sèche, si sèche, quand j'articule :

— Ils te pendront dans la cour du palais.

— Peut-être, acquiesce-t-elle. Et ce serait justifié. Ce serait au roi et à la reine de décider.

Ce serait à ses parents de décider s'ils appliquent ou pas la peine de mort à leur fille unique pour la punir du crime d'avoir couché avec moi.

— C'est la seule fois de ma vie où j'ai le droit de décider, Damien. Laisse-moi choisir à qui donner le cadeau le plus précieux que j'aie à offrir. Parce que je t'ai choisi, toi.

Elle passe la main sous sa jupe et fait glisser la culotte en dentelle le long de ses cuisses et de ses genoux, jusqu'à ce qu'elle repose en un petit tas rosé sur le sol de l'Alfa Romeo.

Mes narines frémissent. C'est à peine perceptible et pourtant ensorcelant. C'est l'odeur de son corps.

— Personne ne sait que je suis là, dit-elle. Et le temps qu'ils me trouvent, tu seras parti depuis longtemps.

Elle prend ma paume, la pose sur le haut de sa cuisse et dit simplement :

— S'il te plaît.

Je ne sais ni comment ni pourquoi, mais j'enclenche la marche arrière pour retrouver la route, puis mon autre main remonte sur la peau soyeuse de sa cuisse, et remonte encore…

Là.

Je trempe un doigt entre ses plis mouillés, elle s'arc-boute sur le siège avec un gémissement.

Avec un juron, j'appuie sur la pédale pour rouler à une vitesse que l'on pourrait qualifier de suicidaire.

Juliet

Je vais mourir.

Non, mais vraiment. Je vais mourir avant ma prochaine respiration.

Mon dos se cambre, mes hanches ondulent à un rythme effréné.

Damien prend un virage serré, une seule main sur le volant car l'autre est nichée entre mes cuisses. Il joue avec mon clitoris jusqu'à ce que tout mon corps palpite au même rythme affolé que mon cœur.

Quand il plonge ses doigts en moi, l'Alfa Romeo n'est pas la seule à s'emballer.

Mes gémissements deviennent une suite de soupirs pantelants, j'ondule, mes cuisses trempées d'une envie que je ne savais pas exister. Damien ne peut guider en même temps cette voiture et mon corps d'une main aussi experte. C'est trop, c'est beaucoup trop. Personne n'est habile à ce point. Il va nous précipiter de la falaise et ce sera la fin.

Mais ses longs doigts implacables plongent encore et encore en moi, me remplissent, me propulsent vers le septième ciel. Je me mords fort la lèvre pour ne pas crier car je ne compte pas lui demander d'arrêter. La mort m'attend peut-être au prochain virage mais, par les anciens et les nouveaux dieux… ce sera une fin somptueuse !

— Nom de nom, Juliet, tu es chaude comme la braise…

Il recommence ses tours de magie avec ses doigts savants, il joue avec mon corps comme un virtuose avec son violon. Un drôle de bruit m'échappe, quelque chose entre glapissement haletant et cri de joie. Tout mon corps commence à trembler, en tension. Mes cuisses aussi tremblent.

Mon Dieu, qu'est-ce qui m'arrive ?

— J'adore les femmes qui crient leur plaisir, grommelle-t-il.

Un autre mouvement d'une parfaite justesse, et mes muscles internes se contractent autour de ses doigts qui ne cessent pas leurs mouvements. Quand enfin j'arrête de m'agiter, il met sa main en coupe sur mon sexe et taquine ma toison avec délicatesse.

— Ta petite chatte est absolument parfaite, commente-t-il dans un murmure.

Mais je suis trop impatiente pour jouer, trop affamée pour les flatteries.

— Encore !

J'attrape son poignet et plaque mon pubis contre sa paume sans la moindre pudeur. Ça fait un bruit mouillé et je ne reconnais pas cette femme sauvage qui brûle d'un désir renouvelé. Je me suis déjà caressée. Des tâtonnements maladroits sous mon édredon, la nuit, sans vraiment savoir ce que je faisais.

C'est humiliant. Damien connaît mieux que moi les réactions de mon corps.

— Bon sang…, lâche-t-il.

Il freine sec, l'Alfa Romeo dérape et s'arrête au milieu de la route. Je me recroqueville en prévision de l'impact avec une autre voiture, qui ne saurait tarder. Mais il est tard et il n'y a aucun véhicule à l'horizon.

— Monte à bord, ma belle. Mais sois chic et prends d'abord le tube de lubrifiant dans la boîte à gants.

Monter à bord ? Lubrifiant ?

— Pardon ?

— Viens ! Décolle ton joli petit derrière du siège et viens t'asseoir sur moi. Tu veux baiser ? Ravi de te rendre service ! Mais on va le faire à ma façon, princesse. Et derrière le volant, c'est ma position préférée.

Je cille plusieurs fois, mais il me fixe de ses yeux gris acier, silencieux.

Oh mon Dieu, il ne plaisante pas…

— Que… je… J'ai bien compris ? Tu as l'intention de conduire pendant qu'on fait l'amour ?

Je fais de l'équitation depuis toute petite, mais quelque chose me dit que perdre ma virginité au volant d'une voiture de sport italienne n'est pas une expérience à laquelle on pourrait se préparer. Moi moins que quiconque.

— Tu es prête à relever le défi ou pas, princesse ?

Ses yeux sont insondables, comme l'abîme tout près de nous.

— Parce que, si la réponse est non, je peux faire demi-tour et te ramener au club.

— Surtout pas ! Attends !

J'ai crié. Ma main tremble lorsque je détache la ceinture de sécurité. J'ai le ventre noué. Et pourtant, je veux continuer. Je le veux plus que tout.

Autant aller jusqu'au bout.

— Attends… Une dernière chose…

Sa voix contient un avertissement, comme un serpent caché dans le sable chaud.

— As-tu entendu *toutes* les rumeurs qui courent sur… mes prouesses ?

— J'ai juste entendu dire que tu es un amant incroyablement doué.

Il lâche un petit rire sec.

— Et que penses-tu de mon surnom ?

— Ton surnom ? Mais quel surnom ?

— Le « baron de la porte arrière » ? Ça te dit quelque chose ?

Je le sens exaspéré, mais je suis de plus en plus perdue.

— Je ne comprends pas. Tu es encore baron ? Tu n'as pas été dépouillé de tous tes titres ? Et qu'est-ce que c'est que cette porte de derrière ?

Son regard intense me trouble dans tous les sens du terme.

— Tu as vraiment grandi dans une tour d'ivoire, n'est-ce pas ? Le surnom, c'est une plaisanterie, mais il comporte un fond de vérité. Je donne du plaisir aux femmes, oui, mais pas d'une façon tout à fait conventionnelle. Par une voie détournée.

J'attends qu'il poursuive l'explication, mais il en reste là.

— Tu parles par énigmes.

— Dis-moi que tu plaisantes, s'énerve-t-il en secouant la tête. Ce n'est pas justement pour ça que tu es venue me chercher ? Pour que je te donne du plaisir tout en gardant ta virginité intacte pour ton mari ?

Je suis tellement confuse que je n'arrive plus à comprendre ce qu'il dit. Je maudis en mon for intérieur mes parents qui m'ont tenue aussi éloignée du monde. Et je me maudis de m'être laissé faire.

Il pousse un soupir brusque.

— Très bien. Écoute : quand je prends une femme…

Il glisse sa main sous ma jupe, entre mes cuisses, puis encore plus loin.

— C'est par là que ça se passe, conclut-il en serrant mes fesses.

Tout à coup, je comprends.

La porte arrière… C'est comme… par-derrière.

Oh !

Je sens mes joues en feu.

— Ça se… Des gens font ça ?

— Bien sûr, répond-il avec un clin d'œil. En tout cas, avec moi.

— Je… Non… Je ne veux pas essayer une telle chose. Je voulais… Je veux dire… J'imaginais…

Je grimace. Cet échange est de loin la conversation la plus gênante de ma vie.

Un klaxon retentit dans la nuit et une Porsche nous dépasse dans une grande embardée. Son conducteur nous adresse un geste vulgaire en s'éloignant.

— Je te le rends bien, mon pote !

Damien appuie sur l'accélérateur et notre voyage reprend. Il jette un coup d'œil dans ma direction avant de regarder dans le rétroviseur.

— Je l'ai rencontré, ton fiancé, tu sais ? Le duc de Wartson. On a joué au poker ensemble une fois ou deux.

— Ah bon ?

Le changement soudain de sujet achève de me déconcerter.

— Tu dois vraiment épouser ce vieil obsédé sexuel ?

Les larmes me montent aux yeux. Je réponds d'un hochement de tête. Un silence s'installe.

— Très bien, reprend-il enfin dans un soupir. Je vais te donner ce que tu veux. Mais pas dans la voiture, pas pendant que je conduis. Et pas par la porte de derrière. Pour toi, je vais faire une exception.

Son sourire est triste.

— Considère ça comme un cadeau de mariage en avance.

Il conduit à présent plus prudemment, toujours avec la même élégance suave. Il s'est rembruni et, avec ses traits parfaitement ciselés, il incarne à la perfection le rôle du brun ténébreux. Il me fascine.

J'ose enfin poser la question qui me brûle les lèvres.

— Damien ?

C'est étrange comme son nom a une saveur familière sur ma langue.

— Pourquoi tu… Pourquoi la… porte arrière ? Tu n'as jamais essayé la… porte… L'autre porte… ?

Une étincelle d'espoir s'éveille en moi. Je ne suis peut-être pas si bêtement naïve et innocente. Il est peut-être comme moi, vierge à sa façon.

Son rire amer éteint aussitôt cette lueur.

— Oh si, princesse. Bien sûr que j'ai essayé. Mais avec une seule femme…

Je vois qu'il serre le volant si fort que ses articulations blanchissent.

— Et elle est morte à présent.

Je comprends enfin.

— La fiancée de ton frère. Celle qui devait

devenir la reine quand il monterait sur le trône. Tu l'as séduite, n'est-ce pas ?

— Techniquement, c'est elle qui m'a séduit, fait-il d'une voix rauque. Victoria. Mais je suppose que je devrais être fier de ma réputation.

— Vous étiez amants ?

— J'aime plutôt à penser qu'elle a été mon seul amour.

Une ombre traverse son visage.

— Mais j'étais encore un gamin, et tout cela n'était qu'une vaste illusion. Seulement, quand on faisait l'amour… Avec elle, ça signifiait vraiment faire l'amour. Et je n'ai jamais ressenti ça avec aucune autre femme. Donc, maintenant, je baise. Mais je fais en sorte que ça me soit supportable.

Il y a tellement de douleur dans ces mots que j'en ai mal au cœur.

Nous sommes parvenus devant un hôtel très sélect, mais il dépasse l'entrée principale pour prendre une rue latérale qui le longe. La voiture s'arrête devant une grande porte métallique et il pianote un code sur un clavier électronique. Les deux panneaux couleur bronze s'ouvrent devant nous.

— Alors pourquoi moi ? Qu'est-ce qui me rend différente ?

Je ne le regarde pas, j'ai les yeux rivés sur le bâtiment de dix étages qui se dresse devant nous. Et je suis soulagée : nous sommes dans un hôtel, mais personne ne me verra entrer. Je ne veux pas qu'on me découvre avant que j'aie obtenu ce que je suis venue chercher.

— Je me pose la question, murmure-t-il. Et je n'ai pas de réponse. Pour l'instant, en tout cas. Alors je te propose de venir avec moi pour voir si la réponse se cache dans ta petite chatte parfaite…

3

Damien

Nous sommes dans l'ascenseur. S'il s'était agi d'une autre femme, je l'aurais fait jouir au moins deux fois avant d'arriver au dernier étage. Mais Juliet est différente, et pas seulement parce qu'elle est l'héritière de Nightgardin et qu'elle est vierge. Pour une raison que je ne comprends pas moi-même, avec elle, j'ai envie de prendre mon temps.

Lorsque nous arrivons tout en haut, les portes s'ouvrent directement sur le penthouse et Juliet s'immobilise. Je pose la main dans le creux de ses reins pour l'inviter à avancer.

Le plancher en ébène, riche et dense, guide nos pas jusqu'au séjour, où le sofa, d'un bleu profond comme celui de l'océan, nous attend devant un feu crépitant.

— Comment as-tu fait pour…

Je ne peux que sourire.

— Je suis généreux avec les pourboires, dis-je,

taquin. Et en échange, j'obtiens… un traitement spécial.

Elle rougit et caresse timidement le velours du canapé. Elle a enlevé la sandale indemne aussi, et à la voir pieds nus, on pourrait croire qu'elle est parfaitement à l'aise et à sa place dans ce lieu qui est si radicalement étranger pour elle : la chambre d'hôtel d'un inconnu.

— Il n'existe qu'une chose qui soit plus agréable à une femme que le velours italien contre sa peau, Altesse, et c'est moi.

Je dépose un baiser fugace dans sa nuque et la sens frémir. Elle pivote pour me dévisager.

— Damien ? fait-elle timidement.

— Princesse ?

Elle se passe la langue sur les lèvres puis se cambre pour ouvrir sa robe. Qui tombe par terre.

— Mon Dieu…

Ma voix est méconnaissable.

Comme tout à l'heure, une rougeur des plus subtiles lui monte aux joues, couvrant son cou et son décolleté. Son sourire me désarme complètement.

— Tu… aimes ?

Je contemple cette beauté qui s'offre à moi, longuement, en dépit de l'état d'urgence qui s'est déclaré au niveau de mon entrejambe.

Le bout rose pâle de ses seins crémeux pointe comme pour attirer mon attention. Sous le gauche, une constellation de grains de beauté semble dessiner une flèche en direction de son cœur. Je les relie du bout de mon doigt.

— Tu devrais avoir le droit d'aimer, dis-je sans savoir d'où me viennent ces mots.

Sa poitrine monte et descend au rythme de sa respiration précipitée.

— J'apprendrai à aimer mon mari, assure-t-elle d'une voix blanche. C'est mon devoir.

Je frôle un téton avec mon pouce et tout son corps semble s'enflammer.

— Mais je veux te voir, dit-elle en un souffle. Je veux pouvoir te regarder jusqu'à plus soif avant que tu me touches encore et que je perde la tête.

J'acquiesce, mais comme je suis un salaud d'égoïste, je penche la tête sans crier gare pour titiller avec ma langue le petit bouton rosé.

Un cri lui échappe et je m'écarte avec un sourire satisfait.

J'ignore ce que signifie l'éclat qui brille dans ses yeux lorsqu'elle avance d'un pas résolu vers moi, mais je ne tarde pas à l'apprendre. Elle déboutonne ma chemise et l'ouvre, fait courir ses mains à plat sur ma poitrine, remonte vers mes épaules pour repousser le vêtement et le faire tomber.

Ses caresses couvrent mes biceps, mes avant-bras. Ses doigts ralentissent en trouvant le relief des cicatrices que j'ai dissimulées sous de savants tatouages.

Elle écarquille les yeux et me regarde. Je hausse les épaules.

— Il y a eu beaucoup d'éclats de verre… dans l'accident.

Ce dernier mot à un goût si amer que j'aurais envie de le cracher. Ou de le ravaler. Parce que c'était moi qui conduisais. Je me suis rendu coupable de la mort d'une autre personne. « Accident » est un mot bien trop neutre, bien trop doux, pour qualifier ce que j'ai fait. La police a blâmé la météo et l'enquête a conduit à un non-lieu. Mais je connais la vérité, tout comme mon frère Nikolaï, qui aimait Victoria, lui aussi. Si seulement je ne l'avais pas laissé me convaincre de partir avec elle…

Juliet pose sa main sur ma joue et j'ai un mouvement de recul. Cela ne la dissuade pas pour autant, et ses doigts suivent la ligne de ma cicatrice la plus visible, celle qui descend de ma tempe gauche à ma mâchoire. Celle dont personne ne parle jamais parce qu'il n'y a plus rien à en dire. Chaque fois que je me regarde dans le miroir, elle me rappelle quel monstre je suis.

— Tu te punis, dit-elle.

— Arrête.

Elle secoue la tête.

— Tu n'es peut-être pas aussi libre que je le croyais. Peut-être, poursuit-elle en déboutonnant mon jean, que nous nous ressemblons plus que je ne le pensais.

Je me déchausse pour qu'elle puisse ôter mon pantalon et mon boxer.

— Oh !

Les yeux rivés à mon sexe en érection, elle fait « oh » de nouveau, moins choquée, cette fois, et presque révérencieuse.

— Je peux… toucher ?

Je ris doucement, appréciant le tour badin qu'elle donne à notre échange sans s'en rendre compte.

— Bien sûr !

Je guide sa main pour qu'elle la referme autour de mon sexe. Un grognement m'échappe à son contact et sa bouche forme un O parfait, muet cette fois.

— Et maintenant ? demande-t-elle tout bas.

— Caresse-moi. De bas en haut, sans relâcher la pression.

Elle obéit et sa caresse langoureuse est la plus délicieuse de toutes les tortures. Une goutte perle au bout de mon sexe et elle l'étale doucement du pouce, comme si elle l'avait fait des centaines de fois. Je serre les dents en marmonnant :

— Bon sang, princesse… Tu es sûre que c'est la première fois ?

Elle a un rire nerveux et ses yeux sombres plongent dans les miens.

— C'est l'instinct, j'imagine. Et puis… Tu me mets à l'aise, je ne sais pas pourquoi.

Elle fait de nouveau glisser sa main, vers le bas, puis vers le haut, et encore. Incroyable mais vrai, j'ai les genoux en coton.

— Moi ? dis-je d'une voix rauque. Je te mets à l'aise, *moi* ? Le prince tellement indigne qu'il a été banni de son propre royaume ? Et tu veux que ce soit moi qui prenne ce que tu as de plus précieux à offrir ?

Parce que, tout à coup, ce n'est plus un jeu. Ce qui se passe là est bien réel. Si réel que mon cœur se serre à m'en faire mal. Cette femme mérite beaucoup plus que ce que je pourrai jamais donner.

Du plaisir, oui. En veux-tu, en voilà. Mais cela ne suffira jamais à compenser ce que l'avenir lui réserve après cette nuit.

Elle m'attire vers elle et, avant que j'aie pu réagir, mon sexe plonge entre ses cuisses pour fureter entre ses replis intimes, alors que sa respiration s'accélère.

Je gémis. Elle est mouillée et chaude, et sa peau est plus douce que la soie.

— Mais qu'est-ce que tu fais ?

Elle colle sa poitrine à mon torse et serre ses jambes pour mieux me caresser.

— Le coup de foudre n'existe pas, dit-elle en répétant les mots prononcés au Saut des Amants. Prends-moi, Damien. Prends-moi comme tu veux.

Et, sans me laisser le temps de répondre, elle emmêle les doigts dans mes cheveux pour presser ses lèvres contre les miennes.

Tu as raison, princesse. Le coup de foudre, ça n'existe pas.

Juliet

Damien s'empare de ma bouche comme un possédé. Avec un gémissement, je m'abandonne à l'assaut diabolique de sa langue, en savourant chaque caresse. Sa bouche est partout sur moi, comme si j'étais une immense glace au chocolat avec une cerise sur le dessus. Tout ce que je peux faire c'est frémir et haleter comme un pauvre chaton perdu.

Toute ma vie durant, je me suis sentie seule et

abandonnée, mais là, dans ses bras, c'est comme si on m'avait enfin retrouvée.

— Et c'est comment, la suite ? dis-je d'une toute petite voix alors qu'il lèche l'arête de ma hanche. Tu vas insérer ton pénis dans mon vagin pour qu'on commence l'enfantement ?

Il s'esclaffe.

— L'enfantement ? Nom d'un chien, princesse ! Tu n'envisages tout de même pas de monter sur le trône de Nightgardin avec un bâtard d'Edenvale dans ton ventre ?

Je rougis. Ce rappel à la réalité crue m'a fait l'effet d'une douche froide.

— Je suis désolée. Mon éducation fait que le seul mot que j'ai appris au sujet des rapports sexuels, c'est « enfantement ».

Il se redresse et me saisit le menton. Je n'ai pas d'autre choix que de le regarder dans les yeux, mais je n'ai pas honte non plus. Je suis complètement nue et à sa merci, et pourtant je me sens plus en sécurité que je ne l'ai été depuis des années.

— Nous n'allons pas avoir des « rapports sexuels » non plus, milady.

— Non ?

Ma voix est rauque.

Il secoue la tête et se penche. Ses lèvres mordillent le contour de mon oreille, une chaleur liquide, délicieuse se répand de mon cou jusqu'à mes seins.

— Et là, c'est le moment où tu dis : « Baise-moi, Damien. »

Le mot traverse mon corps comme une secousse électrique.

— Je… Je ne peux pas dire une chose pareille…

Il lève un sourcil moqueur.

— Dommage ! Parce que tu n'auras ma bite que si tu la demandes. Pardon, que si tu la *réclames*. Car la leçon de ce soir est la suivante…

Il caresse son sexe qui se dresse au garde-à-vous entre ses jambes musclées.

— Ceci n'est pas un pénis. C'est une bite. Ma bite. Et je ne « l'insère » pas en toi.

Je colle mon ventre au sien.

— Et… Qu'est-ce que tu vas faire, alors ?

Il prend une expression solennelle, mais je sais à présent qu'il feint, que ce n'est qu'un jeu.

— Dis le mot de passe secret et tu sauras tout.

— Le m… mot de passe ?

— « Baise-moi, Damien. »

Je passe la langue sur mes lèvres desséchées et détourne mon regard, qui tombe malheureusement sur ses biceps parfaitement sculptés. J'ai la chair de poule de la tête aux pieds lorsque je marmonne les trois mots sulfureux.

— Navrée, princesse, répond-il froidement. Je n'ai rien entendu.

Je répète, un peu plus fort, les poings serrés contre mes cuisses.

Il m'embrasse profondément, sa langue savante taquine la mienne en un baiser qui me fait fondre.

— Je n'ai toujours pas compris.

J'attrape son menton et le force à me regarder droit dans les yeux.

— Baise-moi, Damien !

C'est dit. Haut et fort. Au point que je ne reconnais pas ma propre voix. Parce que aucun mot de ce genre ne pourrait sortir de ma bouche. Et pourtant…

— Baise-moi… fort ?

J'ai improvisé le dernier mot sans y réfléchir, le feu dans mon ventre s'embrase, le haut de mes cuisses, à l'intérieur, est humide.

Il approuve d'un grognement.

— C'est très bien, petite fille !

Sans crier gare, il me soulève dans ses bras pour m'emmener dans la chambre à coucher, où se trouve un lit qui me semble immense.

Je m'attends à ce qu'il me jette par terre et s'empare de mon corps à la manière d'un animal sauvage. Mais il me dépose sur le matelas comme si j'étais un objet précieux et fragile.

— Tu es une reine de la tête aux pieds…

Un grognement profond fait vibrer sa poitrine. Dans son regard sombre, je lis des promesses énigmatiques et… quelque chose que je n'ose pas qualifier d'émerveillement.

Un voile de sueur couvre ma peau qui semble flamber sous l'influx de la chaleur qui monte au creux de mon ventre. Je suis persuadée, intimement persuadée, que l'amour n'existe pas — en tout cas, pas entre deux personnes qui viennent de se rencontrer — mais en cet instant précis, je me sens tomber amoureuse de lui… au moins un peu. Assez pour que la tête me tourne à l'idée de sentir de nouveau ses mains sur moi.

Je demande :

— Et qu'est-ce qu'on fait maintenant ?

— Maintenant je vais enfiler quelque chose pour qu'on puisse baiser sans avoir à « enfanter », comme cela semble être de rigueur dans ce beau royaume.

Il se dirige vers la commode et ouvre le premier tiroir. Je ne peux qu'admirer son postérieur ferme, très masculin. Je grave dans ma mémoire la façon dont ses fesses se creusent sur les côtés, la force qui se dégage de ses quadriceps bandés.

Il revient vers le lit avec un petit carré argenté.

— Et comment ça marche, cette… protection ?

Mon ignorance me désole, mais c'est que je n'étais pas censée utiliser de choses de ce genre au cours de ma vie. Quelle reine voudrait se protéger de son roi ?

— Observe et apprends…

Il déchire le coin de l'emballage et en extrait quelque chose que je ne reconnais pas et qu'il place sur le bout de sa… bite… et déroule dessus.

— Ah ! Je comprends ! dis-je, ravie. Ça sert à attraper le sperme, n'est-ce pas ?

Il a un rire bref et un peu bourru, mais je sens qu'il est sincèrement amusé.

— Tu es un drôle de petit canard, tu sais ?

Je relève le menton, très digne.

— Personne ne s'adresse à moi comme ça.

Mais je laisse tomber tout de suite mes façons de princesse, car j'ai envie de sourire.

— Tu as raison, en fait. Je suis un drôle de petit canard, le plus drôle qu'on puisse imaginer. Désolée !

— Ah, non. Ne t'excuse pas. Pas pour ça.

Ses narines frémissent.

— Une candeur comme la tienne, c'est rare de nos jours.

— Sans doute, mais je préférerais que ce ne soit pas ma seule qualité.

Un éclat indéfinissable éclaire son regard sombre.

— Je comprends bien. Mais le fait que tu sois vierge n'est pas la seule chose qui m'excite chez toi. Je... Je tiens à te le dire. Et à ce que tu me croies.

Je suis sidérée. Je ne m'attendais pas à troubler ce célèbre play-boy international.

— Voilà le marché, dit-il. Je ne comprends pas vraiment ce qui se passe, mais... depuis que je t'ai vue derrière le club, c'est comme si j'avais quitté le monde réel pour entrer dans une sorte de rêve.

Il vient s'allonger sur moi, plonge ses mains dans mes cheveux.

— On dirait que la vie est plus lumineuse soudain. L'air embaume la rose, j'entends des violons. Oui, des violons, sérieux. Qu'est-ce que tu me fais, princesse ?

— Ça.

J'enroule mes jambes autour de sa taille, et il soulève à peine les hanches pour poser son sexe à l'orée du mien.

— Tu es sûre de vouloir ça ?

Il me dévisage et je soutiens son regard. Je sais que sa question en cache une autre : « C'est moi que tu veux ? »

Et, que Dieu me pardonne, mais oui, c'est lui que je veux. De tout mon cœur, de tout mon corps.

Il est magnifique, avec ses cicatrices, ses tatouages et tout le reste.

— Je te désirais déjà avant de te connaître. Tu es… très beau. Et maintenant que je t'ai rencontré… Maintenant, j'ai besoin de toi. Damien. J'ai besoin que tu sois mon premier homme.

Il presse son front contre le mien, puis m'embrasse avec une passion incroyable. Je le sens frémir sur moi.

— Je ne sais pas ce que j'ai fait dans ma vie de merde pour te mériter, mais quoi que ce soit, j'en suis reconnaissant.

Ces mots me font rire.

— Tu me promets que tu n'entreras pas par la… Euh… la porte… Enfin… ?

Les coins de sa bouche esquissent un sourire espiègle.

— Je suis un homme qui a des besoins et je n'ai pas à m'excuser pour ça, princesse. Mais je n'ai été qu'à l'intérieur d'un seul autre sexe de femme, et c'était il y a très, très longtemps.

— J'imagine que c'est comme faire du vélo, dis-je en feignant une légèreté que je suis loin d'éprouver.

Ses yeux deviennent de plus en plus sombres à mesure qu'il s'avance entre mes plis humides.

— Non, ma belle, ce n'est pas comme faire du vélo, murmure-t-il. Mais alors, pas du tout. Crois-moi.

Et puis, lentement, très lentement, millimètre par millimètre, il se glisse en moi.

— Oh !

Je retiens mon souffle. L'espace d'un instant, je ressens une pointe de douleur. Puis…

— Oh… Oh… mon Dieu.

Je gémis. Il s'est mis à bouger doucement, il entre en moi complètement puis ressort avec tellement de délicatesse que je brûle… d'impatience.

J'en veux encore.

— Seigneur, princesse ! dit-il en s'enfonçant à nouveau en moi.

Je fais courir mes doigts sur les muscles tendus de ses bras, de son dos. Puis j'enserre ses fesses parfaitement sculptées.

C'est magnifique.

— Je ne savais pas…

Ma voix tremble.

— … Je ne savais pas à quoi j'allais renoncer. Et maintenant que je le sais…

Il me donne un baiser brûlant pour m'empêcher de finir ma phrase et je lui en suis reconnaissante. Parce que, si je disais à voix haute ce que je sais être la vérité, je nous condamnerais tous les deux.

Je ne veux plus te perdre.

Damien prend un soin exquis avec moi. Je suis révérée. Adorée. Il glisse une main entre mes jambes et caresse mon point le plus sensible sans cesser d'aller et venir en moi.

Nos sueurs s'emmêlent. J'essaie de ne pas gémir, de rester pudique, mais c'est plus fort que moi. Autant me demander de nouer l'arc-en-ciel entre mes doigts. Je me cambre, mon corps bouge comme une chose sauvage qui ne peut pas, qui refusera, dorénavant, de se laisser apprivoiser. Je suis trempée de désir, mon sexe enflé comme un fruit mûr à point. L'intérieur de mes cuisses est mouillé de mon miel, un miel que son sexe durci puise en abondance.

Il me soulève et se hisse sur les genoux sans se détacher de moi, puis il prend mon sein dans sa bouche et en suce le bout. Il lèche et mordille sans merci jusqu'à ce que je crie, un râle guttural dont je n'aurais pas su qu'il était humain s'il ne venait de ma gorge.

— Baise-moi, Damien.

C'est un gémissement éperdu, et il lève les yeux vers moi, son regard plus sombre, encore plus intense.

— Plus fort, ordonne-t-il.

— Baise-moi !

Ma voix est impérieuse puis je monte et descends sur lui, nos chairs claquent, je le sens me remplir tout entière. Il répond avec un rugissement de bête et me soulève complètement du lit pour me plaquer contre le mur. Son sexe encore enfoui en moi éveille des sensations d'un autre monde.

Il m'embrasse fort et je lui mords la lèvre jusqu'à sentir sur ma langue le goût cuivré du sang. Ses poussées sont rapides et implacables, des coups de reins maîtrisés qui m'incitent à y répondre, jusqu'à ce que je croie défaillir.

Puis j'explose. Je suis un million de morceaux, chaque nerf est si sensible que j'ai peur que le moindre contact ne me fasse pleurer. Je doute de jamais parvenir à me sentir de nouveau entière.

Je cherche à poser mes pieds au sol, mais Damien

me serre fort contre lui, comme s'il savait que je risque de m'écrouler.

— Juliet, murmure-t-il contre mon oreille. C'était beau. Incroyablement beau.

Sa voix exprime un émerveillement semblable à celui qui emplit mon corps et, quand il se retire, je sens que c'est à regret. Quelque chose coule entre mes cuisses.

— Bon sang…, souffle-t-il.

— Qu'est-ce qui se passe ? J'ai fait quelque chose de mal ?

Il devrait sourire, mais son expression est devenue grave.

— Non, c'était… parfait. Tu étais parfaite, plus que parfaite. Mais le préservatif s'est percé.

4

Damien

J'accompagne une Juliet effondrée dans la salle de bains, où elle s'enferme. Paumes pressées contre la porte, la tête baissée, j'entends l'eau de la douche couler.

— Nom d'un chien, qu'est-ce que j'ai fait ?

J'ai probablement causé la perte de la future reine de Nightgardin. Ce n'est pas qu'elle risque à présent d'être bannie, oh, si seulement… Je l'ai placée sur le chemin de l'échafaud.

Sans trop savoir comment, je retourne m'asseoir au bord du lit et enfouis le visage dans mes mains. Deux femmes. Je n'ai été de cette façon qu'avec deux femmes et la seconde risque de suivre le même sort fatal que la première.

J'entends le « clic » de la poignée, mais je n'ose pas bouger. Comment pourrais-je la regarder dans les yeux ? Elle s'approche de moi.

— Damien, dit-elle doucement en posant ses

mains encore humides sur mes cuisses. Damien, regarde-moi. S'il te plaît.

Je lève la tête et prends conscience alors que l'émotion qui m'a submergé quand j'étais en elle n'était pas seulement d'ordre sexuel. Il me semble que je ferais n'importe quoi pour cette femme, cette inconnue dont le destin est à jamais brisé à cause de moi.

Je m'attends à voir ses joues trempées de larmes, le blanc de ses yeux injecté de sang. Mais je me trouve face à un regard limpide sur le visage d'une femme que je peine à reconnaître. Sa chevelure brune tombe en cascade sur ses épaules, elle est drapée dans une épaisse serviette blanche.

— Juliet ?

Pourquoi ai-je dit son nom ? Bien sûr que c'est elle.

— Tout ira bien, affirme-t-elle avec une assurance qui me fend le cœur.

Elle n'imagine pas à quel point elle se leurre. Je prends son beau visage entre mes mains.

— J'ai merdé, dis-je platement. Tu ne vois pas ? Voilà ce que je suis. Je détruis tout ce à quoi je tiens.

Elle sourit et repousse mes cheveux en arrière.

— Tu veux dire que tu tiens à moi, Damien Lorentz ?

Puis elle laisse tomber la serviette.

— Qu'est-ce que tu fais ?

Ma question semble encore une fois stupide, car elle fixe mon bas-ventre. Mon sexe, dressé et dur comme un roc, m'a trahi.

— Je ne suis pas féconde, dit-elle. Je veux dire,

pas en ce moment du cycle. Ma gouvernante m'a appris à déterminer ma période de fertilité le jour de mes premières règles. Ordres du roi et de la reine. Ils voulaient être sûrs que, lorsque j'aurais vingt et un ans et que j'aurais épousé le prochain roi de Nightgardin, il planterait son héritier en moi dès sa première tentative.

Elle tend la main et la ferme avec son tout nouveau savoir-faire autour de mon sexe.

— Il est vrai, ajoute-t-elle avec un battement de ses cils incroyablement longs, que je n'ai pas eu l'occasion de tester l'efficacité de cette méthode avant ce soir.

J'écarquille les yeux. Je n'ai jamais entendu parler de la méthode en question mais, d'un autre côté, je ne me suis jamais préoccupé des moyens de protection de mes partenaires puisque je savais parfaitement qu'avec ma méthode à moi elles ne risquaient pas de tomber enceintes. Voir Juliet si calme me déconcerte. Je ne comprends pas qu'elle ne frappe pas ma poitrine de ses poings en me reprochant d'avoir gâché sa vie à jamais.

— Au cas où ça t'inquiéterait, mon état de santé est irréprochable.

Je dis ça alors qu'elle a l'air parfaitement sereine, et je me demande si ce n'est pas ma propre appréhension que j'essaie d'apaiser.

— J'ai toujours pris mes précautions avec…

Étant donné les circonstances, le dire à haute voix me semblerait du plus mauvais goût,

— Avec les innombrables femmes que tu as

prises par-derrière ? finit-elle à ma place, en petite princesse effrontée.

J'acquiesce.

— Pourquoi est-ce différent avec toi ?

Encore une fois, c'est à moi-même que je pose la question, mais c'est aussi parce qu'une partie de moi tient à ce qu'elle comprenne que tout a changé pour moi dès l'instant où je suis entré en elle.

— Je ne sais pas, répond-elle. Je t'ai cherché dans un but très précis, tu le sais…

Elle embrasse mon front et ses tétons tendus frôlent ma poitrine. Mon sexe durcit de plus belle.

— … Mais tu as été gentil avec moi, vraiment adorable, quand tu es venu vers moi à la sortie du club.

— Tu t'étais blessée.

— Mais tu aurais très bien pu me laisser me débrouiller toute seule. Tu ne l'as pas fait.

Elle caresse mes cheveux, ses yeux rivés aux miens, puis dépose un baiser sur ma cicatrice, du côté de la mâchoire. Ma poitrine se serre. J'ai survécu pendant des années grâce aux frissons que me procuraient les folles courses en voiture et les rencontres sans lendemain qui, par ailleurs, ne sortaient jamais mon cœur de son engourdissement.

Je pose les mains sur ses hanches et mes doigts pétrissent sa chair souple.

— Je n'étais pas censé ressentir quoi que ce soit.

C'est un aveu qui me donne l'impression de marcher sur une glace très fine et très fragile. Parce que me laisser aller à mes sentiments, de surcroît avec cette femme-là précisément, ce n'est pas une option.

— Tu veux savoir ce que je ressens, Damien ?

Elle n'attend pas ma réponse.

— Je ressens de la confiance.

Elle saisit ma main et la monte vers sa poitrine, mes doigts frôlent la flèche en grains de beauté, puis elle la place sur son cœur — et sur son beau sein nu.

— Juste là, murmure-t-elle. Et je me sens en sécurité.

Je lâche un rire amer.

— Tu te voiles la face, princesse. Personne n'est en sécurité avec moi.

Je suis certain de ce que j'avance. Et pour cause !

Elle se met à califourchon sur moi et se déhanche pour que le bout de mon sexe se niche entre ses plis.

— Si tu pouvais éviter de me faire du mal, le ferais-tu ?

Je réponds sans hésiter.

— Évidemment ! Mais nous savons tous les deux que nous n'avons pas ce choix.

— Mais nous avons celui-ci, rétorque-t-elle en glissant sur moi comme un gant de course fait sur mesure.

Elle a le souffle court, moi aussi.

— Juliet… De grâce… Tu n'as pas compris… ce qui vient de se passer ?

Je peux à peine parler parce que je suis en elle et que rien ne s'interpose entre ma peau et la chaleur de son corps et que les sensations me tournent la tête.

— Si ta méthode se révèle inefficace, je t'ai peut-être

fait prendre un risque bien plus important que celui que tu avais prévu.

Elle pousse doucement mes épaules pour m'allonger sur le matelas.

— Je comprends trois choses, dit-elle. La première, c'est qu'on ne va pas me chercher avant quelques jours, car ma gouvernante croit que je fais une retraite au couvent royal afin de prier et de remercier Dieu pour le beau mariage qui m'attend.

Ça me fait sourire.

— Sous tes airs naïfs, tu caches un cerveau machiavélique, n'est-ce pas ?

Elle lève un sourcil mutin.

— La seconde, c'est que je ne suis pas prête à te laisser pour retrouver ma couronne de princesse après une seule nuit. C'est trop peu.

Je serre fort ses hanches et m'introduis un peu plus loin en elle. Elle frémit.

— Et la troisième…

Elle marque une pause et je vois que la couleur lui monte à la poitrine, au cou et enfin aux joues.

— Dis-le, princesse. Ça ne peut pas être pire que de me demander si on va enfanter.

Elle laisse échapper un rire nerveux, puis se penche en avant. Ses seins sont pressés contre ma poitrine, ses lèvres tout près de mon oreille.

— Et la troisième, c'est que quand je rentrerai au palais et que j'épouserai Rupert, j'aurai le souvenir du peu de temps que j'aurai eu avec toi. La seule fois que j'aurai connu à peu près ce que veut dire être passionnément, follement, cul par-dessus tête… amoureuse.

Je la fais basculer sur le matelas en l'embrassant avec la faim d'un homme qui a été privé de nourriture, d'eau, d'air, et de tout ce qui est essentiel à la survie.

Parce qu'elle est toutes ces choses, et bien plus encore.

Ainsi, pendant les deux jours qui suivent, je mange, bois et respire Juliet et seulement Juliet. J'adore son corps et elle nourrit mon âme. Elle a déverrouillé une porte dont je croyais ne plus avoir la clé, et que je brûle en enfer si je sais comment je ferai pour la refermer lorsqu'elle sera partie.

Le matin du troisième jour, nous nous prélassons sur le couvre-lit moelleux. Je parsème sa peau de baisers tendres, de ses fines chevilles à ses lèvres rosées et gourmandes, puis je recommence. Je m'arrête à mi-parcours pour goûter à la douceur musquée de son sexe.

Elle halète.

— Je pourrais survivre juste avec ça, dis-je.

Elle rit et se relève sur les coudes pour me regarder.

— Tu finirais par mourir de faim.

— Ça vaudrait le coup.

Le dernier mot se perd entre ses plis car je ne résiste pas à l'envie de la lécher goulûment.

Elle s'agrippe à la couette puis s'effondre sur le dos en ondulant contre mes lèvres.

— Nous n'avons qu'à rester toute la vie dans cette chambre, souffle-t-elle.

— Vos désirs sont des ordres, princesse.

Je glisse un doigt en elle, puis un autre, en même temps que je presse son clitoris enflé entre mes lèvres.

Elle s'agite et s'arc-boute contre le matelas et je n'ai pas d'autre choix que de la pousser au-delà du point de non-retour, en prenant un immense plaisir à le faire.

— Damien !

Je me rends compte alors qu'il n'y a rien de plus doux à entendre que mon prénom qui s'échappe de ses lèvres quand elle jouit. Je remonte pour me poser en appui sur son corps détendu et comblé et je me pâme devant le sourire béat qui illumine son visage.

C'est *moi* qui l'ai mis là.

Je me penche pour l'embrasser, mais avant que mes lèvres aient touché les siennes, la porte de la chambre s'ouvre brusquement, le bois vole en éclats et six hommes se précipitent dans la pièce.

La garde royale de Nightgardin, mieux connue sous son redoutable surnom, la Garde noire.

Juliet crie comme deux des hommes la soulèvent du lit. Les quatre autres sont occupés à me retenir, mais malgré leur supériorité numérique, je leur donne du fil à retordre. Le mécanisme « combat ou fuite » s'est déclenché en moi, et il est clair que je me battrai jusqu'au bout pour cette femme.

— Damien !

— Bande de salauds !

Je crache des injures qui ne leur font ni chaud ni froid.

— Juliet !

Elle tourne le visage vers moi et nos yeux se rencontrent, puis l'un des gardes l'enveloppe dans le jeté de lit qu'il a attrapé au passage sur le canapé alors qu'ils l'entraînent vers l'ascenseur.

— Je viendrai te chercher !

Elle ouvre la bouche pour répondre, mais l'un des matons la lui couvre sans façons. Elle se débat et je vois le garde écarter violemment la main. Je souris. Elle l'a mordu.

Mais ma joie est de courte durée, car ils sont déjà dans l'ascenseur et les portes se ferment.

— Damien ! crie-t-elle une dernière fois.

— Je le jure, Juliet ! Je te retrouverai !

Je crie jusqu'à ce que les portes se ferment et qu'elle disparaisse de ma vue. Je sais à présent que j'avais tort. Mon prénom, sortant de sa bouche déformée par la peur, me hantera pour le reste de ma vie.

Je reçois un coup de poing au visage avant d'avoir eu le temps de vraiment comprendre qu'elle est partie.

La vérité s'impose alors à moi avec la même force que la douleur lancinante à ma tempe. Ces hommes ne sont pas venus seulement pour ramener Juliet dans le giron de ses parents, les rois de Nightgardin.

Ils sont là dans le but de me tuer et il n'y a rien que je puisse faire pour les en empêcher. Et quand bien même je le pourrais, à quoi bon ? J'ai commis un acte de trahison que je savais passible de mort. Pourtant, j'ai été, je ne sais comment, assez stupide pour croire que le lien qui nous unissait, Juliet et moi, serait plus fort que la loi.

Deux des gardes me tordent les bras derrière le dos, mais je ne lutte plus, et les deux hommes face à moi font s'abattre sur moi une pluie de coups. Une côte se casse. Peut-être deux, ou trois. Un de mes yeux enfle, un poing sur mon visage me fait me mordre la langue violemment.

Ma bouche se remplit de sang. Les coups continuent sans qu'aucun des hommes ne dise un seul mot sur la raison de tout cela. Moi, j'entends inlassablement les cris de Juliet dans ma tête et je sais déjà que je ne pourrai pas tenir la promesse que je lui ai faite.

Finalement, on lâche mes bras et je m'écroule à genoux. Je tousse, le sang éclabousse le sol.

Un des gardes lève un fusil et appuie le canon sur ma tempe.

— Tu ferais mieux de me tuer, dis-je d'une voix rauque et visqueuse. Sinon, je reviendrai, et je vous ferai tous payer pour ce que vous avez fait à votre propre princesse.

Le garde qui braque l'arme sur moi me rit au nez, d'où le sang coule aussi, et il se penche pour murmurer quelque chose à mon oreille. Ensuite, le monde autour de moi disparaît.

Juliet

Deux mois plus tard

— Eh bien, je murmure pour moi-même, tout va de mal en pis…

À travers la vitre, j'aperçois les tours et les

crénelages du palais d'Edenvale. De l'autre côté de la douve bleutée s'élèvent d'immenses statues de héros et de rois, souvenirs de gloires passées sculptés dans le marbre.

— Je suis navré, mademoiselle. Vous pouvez répéter ?

Le chauffeur que j'ai engagé à la frontière jette un coup d'œil dans le rétroviseur et tord le bout de sa longue moustache de type morse. Je sens qu'il a l'impression de m'avoir déjà vue et qu'il se demande où. J'ai caché mes cheveux sous un carré Hermès noué sous le menton, et mon manteau trench en poil de chameau est évidemment cher mais n'a de remarquable que sa coupe impeccable.

— Je disais juste : « Oh ! nous sommes déjà arrivés ! »

Je pose la main sur la petite valise que j'ai gardée sur la banquette à côté de moi.

— Vous savez où est l'entrée de service ?

— Au coin de la rue, mademoiselle, dit-il en me jetant un nouveau coup d'œil. Vous rendez visite à quelqu'un, m'avez-vous dit ?

— À ma cousine Dora. Elle travaille comme femme de chambre au palais depuis cinq ans.

— Il y a une bonne de Nightgardin au palais royal d'Edenvale ? s'étrangle-t-il, incrédule.

Oh, zut ! Mon accent m'a trahi plus que mes cheveux bouclés ne l'auraient fait. J'improvise.

— Theodora, ou Dora, comme on l'appelle dans la famille, est née à Rosegate. Nous avons grandi ensemble.

Et Rosegate, c'est la ville frontalière autour de laquelle les deux pays se disputent depuis des siècles.

— Hum… Vous êtes de Rosegate vous aussi, alors ?

Le conducteur claque la langue, mais il ne peut pas m'accuser de mentir. Après tout, des citoyens des deux pays vivent là-bas.

— Eh bien, mademoiselle, j'espère que vous apprécierez votre séjour au palais royal. On dit que, ces temps-ci, l'ambiance est devenue assez étrange.

— Ah bon ?

J'essaie de paraître intéressée, mais pas trop, afin de ne pas éveiller ses soupçons. Alors que je donnerais cher pour obtenir la moindre information à propos de…

— C'est à cause de Damien, poursuit le chauffeur comme s'il avait lu dans mes pensées. La brebis galeuse de la famille royale est revenue après sa traversée du désert. Mais pas un mot n'a filtré à son sujet depuis. Ma sœur, Jenny, qui travaille aux cuisines, affirme qu'il est devenu fou. Je ne me permettrais pas de critiquer la famille Lorentz, longue vie à notre roi, mais leur plus jeune fils était de la mauvaise graine déjà tout petit.

Les souvenirs reviennent en trombe. Les mains possessives mais tendres de Damien à l'assaut de mon corps, ces mains qui m'ont fait brûler, qui m'ont fait sienne. Pendant ces quelques jours que nous avons volés, c'était comme si on nous avait placés ensemble dans le grand collisionneur de hadrons français, deux faisceaux de particules qui se croisent à la vitesse de la lumière… Bien sûr, les résultats ont été tout aussi dangereux que l'expérience. C'était naïf de ma part d'imaginer qu'il en serait autrement, je m'en rends compte à présent.

Damien a été embarqué par les gardes de Nightgardin tandis que, moi, ils m'ont rendue à mes parents.

Seulement… Il a dit qu'il reviendrait pour moi. Il l'a même *juré*. Ce sont les derniers mots que j'ai entendus de sa bouche, juste avant qu'on m'emporte.

Il n'est jamais venu.

Le défi lui a peut-être semblé impossible à relever.

Ou alors, il a estimé après coup que je n'en valais pas la peine.

Le roi et la reine auraient pu me faire exécuter, mais ils ont choisi, à la place, de hâter les préparatifs pour le mariage — qui doit avoir lieu demain. Je n'ai donc eu d'autre choix que de m'enfuir. De nouveau. Mais cette fois-ci, je n'ai même pas cherché à mentir. À quoi bon ? Je suis enfermée à double tour depuis ma dernière escapade et on m'oblige à prendre chaque repas soit avec mes parents, soit seule dans ma chambre. Chaque soir, ma gouvernante s'assure que je prends bien un cachet de somnifère et chaque soir, lorsqu'elle sort de la pièce, je cours recracher dans les toilettes la pilule que j'ai mise sous ma langue.

Hier soir, quand Elsie, la femme de chambre, m'a apporté ma tisane, je lui ai demandé d'en boire une tasse avec moi. Comme c'est une servante, elle ne peut pas refuser l'invitation d'un membre de la famille royale. Elle l'a donc bue, sa tisane, et j'y avais écrasé deux somnifères à son insu.

Ensuite, je me suis échappée par la fenêtre. Aucun beau prince n'est monté en haut de ma tour pour me sauver. Je me suis débrouillée toute seule.

Je pose une main sur mon ventre. Il est toujours parfaitement plat. Aucun signe ne trahit mon secret.

Peut-être que je suis tombée amoureuse trop vite et trop profondément d'un prince qui m'a abreuvée de mensonges déguisés en mots doux et grisants, mais cela n'a plus aucune importance à présent. Les jours que nous avons passés ensemble ont eu des conséquences inattendues. Des conséquences dont il doit répondre. Qu'il doit protéger.

— Ah, nous y sommes, annonce le chauffeur en s'arrêtant au poste de garde. C'est ici que vous devez vous identifier pour qu'on vous permette l'accès au palais.

— Merci beaucoup.

Je descends de la voiture, ma petite valise à la main. Hier encore, j'avais un royaume. Aujourd'hui, j'ai deux robes, quatre ensembles de sous-vêtements et une brosse à dents.

Mais je suis libre.

Au poste de sécurité, l'officier bedonnant lève à peine les yeux de son journal.

— C'est à quel sujet ?

Je détache l'écharpe pour libérer mes cheveux.

— Je suis Juliet d'Estel, princesse de Nightgardin. Je demande à être immédiatement reçue en audience par la famille royale d'Edenvale.

L'officier me contemple, bouche bée. Il se racle deux fois la gorge, ouvre encore plus grand la bouche et la referme comme un poisson hors de l'eau, avant de bafouiller :

— Un moment, madame… Euh, pardon, je veux dire, mademoiselle. Je vous prie de… Votre Éminence.

Il ne décroche pas le téléphone à côté de lui, mais presse avec urgence un bouton rouge sur le mur.

— Oui ?

C'est une voix masculine, profonde, à l'accent parfaitement neutre.

— Monsieur X ? Monsieur, vous devez venir immédiatement à l'entrée de service. Il y a… une situation diplomatique. Ici, présentement. Au poste.

Deux minutes plus tard, je vois arriver un homme brun en costume sombre, les yeux cachés par des lunettes type aviateur. C'est à peine s'il daigne hocher la tête à mon intention avant d'entrer dans la guérite.

— L'héritière du trône de Nightgardin est devant votre poste de sécurité, déclare-t-il.

— C'est ce que j'essayais de dire, monsieur. Mais plus subtilement, monsieur.

L'homme enlève ses lunettes de soleil et me toise froidement.

— Subtil, en effet, Bartholomew. Ce n'est absolument pas le protocole habituel pour une visite d'État.

Je refuse de me laisser intimider par son regard opaque.

— Je suis une femme très inhabituelle.

Cette réponse me vaut un soupçon de sourire.

— En effet.

— Et puisque vous connaissez mon identité, auriez-vous l'obligeance de me dire qui vous êtes ?

— Je m'appelle X, Votre Altesse. Je suis responsable de la sécurité de la famille royale d'Edenvale.

— X ? je répète sans pouvoir m'empêcher de rire. X quoi ?

Le garde Bartholomew vient en renfort.

— C'est ce que je dis toujours. Il y a un pari qui court au palais pour celui qui devine son véritable nom.

— Et je suis navré de vous décevoir une fois après l'autre, ironise X en même temps qu'il tend la main pour prendre ma valise. Ce sera tout ?

Je hoche la tête.

— Je souhaite une entrevue avec l'ensemble de la famille royale… Mais plus particulièrement, je dois parler avec le prince Damien.

Quelque chose vacille dans ses yeux énigmatiques. J'ai l'impression qu'il a tout vu, cet homme, et même plus que ça. Face à moi, l'héritière des pires ennemis de son pays, il a à peine cillé et pourtant, à l'évocation du prince Damien, j'ai cru percevoir quelque chose qui ressemblait à de la compassion.

— Vous connaissez le prince Damien ?

La façon dont il dit son nom me fait froid dans le dos. Je me souviens des propos du chauffeur. Qu'est-il arrivé à Damien ? La dernière fois que je l'ai vu, il hurlait qu'il me retrouverait, qu'il ne reculerait devant rien. S'en sont suivis deux mois de silence radio. J'explique :

— Il m'a fait des promesses et il n'en a tenu aucune. Et mes parents, pour punir mon impétuosité, ont cherché à me briser par des moyens que peu de gens oseraient imaginer. Je n'ai pas fui mon pays pour sauver une relation ratée, je l'ai fait parce qu'une mère ne cède devant rien, et j'ai bien dit rien, que ce soit le mitard ou des interrogatoires, ou la faim, pour protéger son enfant.

Le regard de X se porte sur la main que je viens de poser sur mon ventre, comme si ce geste pouvait protéger la vie minuscule que je porte. Ma seule raison d'être à présent, la seule raison qui me reste pour être courageuse et tout risquer.

— Je vois.

Et je sens que cet homme étrange, je ne sais pas comment, a vraiment « vu ». Un immense soulagement m'envahit et, pour la première fois depuis qu'on m'a arrachée à cette chambre d'hôtel il y a deux mois, je me sens en sécurité.

— Et maintenant, je demande à être reçue. Sur-le-champ.

J'ai retrouvé enfin ces manières impérieuses qui sont ma seconde nature.

X acquiesce d'un bref hochement de tête.

— Suivez-moi, Votre Altesse. Je vais rassembler la famille royale dans l'aile ouest.

5

Damien

On frappe doucement à ma porte, mais je choisis d'ignorer l'importun. Je suis de retour à la maison depuis un mois, mais le palais me paraît encore un lieu étranger, comme si je n'y étais plus chez moi. Je suis sûr que, si je n'avais pas été laissé pour mort dans une ruelle derrière l'hôpital royal d'Edenvale, je n'aurais pas été le bienvenu de sitôt. Une certitude qui est aussi agréable que du sel frotté sur une blessure infectée.

On frappe de nouveau.

— Qu'est-ce qu'il y a ?

J'ai crié, agacé, et je le regrette aussitôt avec une grimace. Mes trois côtes cassées sont en voie de guérison, mais la douleur ne m'a pas encore déserté.

Comme le visiteur n'entre pas, je pose mon livre et quitte à contrecœur le confort sécurisant de mon fauteuil club pour marcher vers la porte d'un pas chancelant.

— Qui est-ce ?

Mais la question est vaine, car j'ai ouvert et je me retrouve face à un grand homme brun, dont l'aimable sourire me met le ventre en vrac. Ce n'est pas sa bienveillance qui crée le malaise, c'est que j'ai l'impression de me trouver face à un miroir de foire — je vois le reflet de ce que j'aurais pu être si ma vie n'était pas sortie de la route qu'on avait tracée pour moi.

— Benedict, dis-je.

Benedict est mon grand frère, celui qui a abandonné l'appel du sacerdoce pour Evangeline Vernazza, une artiste de Rosegate.

— Que me vaut cette visite fraternelle ? Tu es venu m'apporter un autre livre ? Ou c'est pour me dire encore une fois que je dois laisser du temps à Nikolaï, qu'il finira par me parler ?

Je ne veux pas cracher mon amertume sur Benedict. Il est inquiet depuis qu'on m'a retrouvé près de l'hôpital — il prend soin de moi comme il peut depuis mon retour au palais. Mais je doute d'être un jour digne de pardon aux yeux de Nikolaï. Et je ne peux que le comprendre.

Benedict soupire.

— Pas de discours d'encouragement aujourd'hui, cher frère, dit-il avec un petit rire las. Et excuse-moi de souligner l'évidence, mais… Tu as déjà eu l'air plus en forme.

Je glisse un doigt le long de la cicatrice qui va de ma tempe au menton, et je sens la barbe trop longue sous mon doigt. Je palpe prudemment l'arête de mon nez, mais malgré mes précautions la douleur me vrille aussitôt le crâne. Comme l'os ne s'est pas soudé correctement la première fois, les chirurgiens ont dû le casser à nouveau pour que je parvienne à respirer correctement. Mes deux yeux sont toujours cernés d'une ecchymose violette qui tourne au jaune peu à peu. Puis il y a la nouvelle cicatrice parallèle à mon sourcil droit.

C'est à mon tour de rire, ce qui ne m'arrive pas souvent ces temps-ci. Ma main se porte aussitôt vers mon côté et je m'agrippe avec l'autre au chambranle de la porte.

Benedict pose une main sur mon épaule.

— Ça va ? demande-t-il. J'appelle le médecin ?

Je me redresse tant bien que mal et refuse d'un geste.

— Je vais bien…

Mon grommellement souffreteux n'est sans doute pas des plus convaincants.

— Tu vas être un régal pour les yeux, déclare-t-il avec un soupçon d'amusement.

— De quoi parles-tu ?

Il pose un bras sur mon épaule.

— Viens avec moi dans l'aile ouest et tu verras.

Je passe la main dans mes cheveux, laissés en friche depuis je ne sais plus quand.

— Je viens de commencer un roman vraiment fascinant. Une histoire de vampires. J'ai vraiment envie de savoir la suite.

Benedict m'attire dans le couloir et ferme derrière moi.

— Aile ouest, répète-t-il.

Je jette un coup d'œil à ma tenue — un peignoir ouvert, un pantalon de pyjama, des pantoufles en daim — puis je hausse les épaules en disant :

— Après toi.

Benedict marche d'un pas mesuré pour que j'arrive à le suivre. En revanche, il ne décroche pas un mot. Je ne sais pas ce qui nous attend, mais il semble déterminé à ne pas gâcher la surprise.

Je comprends mieux une fois arrivé. Benedict pousse une grande porte en chêne qui mène à l'un des salons d'apparat. Là, malgré les canapés, bergères et sièges de toutes sortes, personne n'est assis.

Disposés en arc de cercle face à la porte, il y a mon père le roi, mon frère Nikolaï et son épouse Kate, nos futurs souverains, Evangeline, l'épouse de Benedict, et au milieu de tous ces visages connus, une femme, probablement la plus belle que j'aie jamais vue, bien que je sois encore sous analgésiques. Elle a un petit sursaut en me voyant et je comprends alors que mon aspect doit être encore plus alarmant que je ne le pensais.

— Damien, dit Nikolaï.

C'est la première fois qu'il utilise mon prénom depuis mon retour. Sa voix est pleine de mépris. Il ouvre la bouche pour continuer, mais la jeune femme se précipite vers moi en criant :

— Oh ! mon Dieu !

Elle tend la main vers mon visage et je tressaille. Elle retire sa main.

— Que t'est-il arrivé ?

Elle ouvre mon peignoir à peine fermé, remarque les bleus encore visibles sur mon thorax.

— Damien. Dis-moi ce qui se passe depuis deux mois.

Je la dévisage, perplexe. Puis enfin, je fais le lien.

— Nom de nom, dis-je en me tournant vers Benedict, puis vers mon père, puis vers Nikolaï. Que fait la princesse de Nightgardin dans le palais d'Edenvale ? Tout le monde est devenu fou ?

Nikolaï croise les bras.

— Donc tu la reconnais. Tu veux bien t'expliquer ?

J'ai laissé échapper un rire amer en tentant d'ignorer la douleur qui me relance. Mais la princesse se couvre la bouche. Elle a l'air inquiet. Elle a remarqué ma grimace, et je déteste qu'elle soit aussi perspicace.

— Bien sûr que je la reconnais. Il m'arrive encore de lire la presse, et j'ai même regardé les infos télévisées une ou deux fois pendant mon absence. Ce n'est pas parce que je ne vivais plus dans mon propre pays, que je l'ai effacé de mes pensées… J'ai suivi ce qui se passe chez nos ennemis séculaires. Et maintenant vous fraternisez avec eux ? Quelqu'un veut bien m'expliquer ?

La princesse pose une main sur mon torse, je sens sa paume tiède sur ma peau… Cette journée semble finalement plus intéressante que prévu.

— Dis-leur, Damien. Dis-leur que je ne mens pas.

— Leur dire quoi, exactement ?

— Que tu m'as rencontrée à la sortie du Voile. Que nous sommes partis ensemble. Dis-leur que nous avons passé le week-end ensemble à ton hôtel à Nightgardin.

Elle pose l'autre main sur son ventre.

— Et que nous avons fait l'amour pendant trois jours, et que tu as planté ta graine en moi ! Et que tu n'es pas revenu me chercher comme tu l'avais promis…

Sa voix est chargée d'amertume et de chagrin. Je ne sais pas quoi faire de toutes ces informations. Je recule, les mains en l'air comme si quelqu'un pointait une arme sur moi, ce que métaphoriquement cette femme vient de faire, puisque ses paroles pourraient déclencher une guerre sans merci.

— Du calme, ma jolie. J'ai vu ton beau petit visage dans la presse, mais je ne t'ai jamais rencontrée en chair et en os de ma vie, et j'ai encore moins planté ma graine en toi. On peut savoir à quel jeu tu joues, là ?

Ses beaux yeux se remplissent de larmes mais, tout de suite, elle carre les épaules, relève le menton et lance très dignement :

— Aie au moins le courage de me dire que ce week-end ne signifiait rien pour toi, au lieu de faire comme si rien ne s'était passé.

— Dites-lui, Altesse.

Je me retourne et découvre X juste derrière moi, alors que je ne l'ai pas entendu approcher. Il fait ce genre de choses tout le temps. Il n'est pas là, et soudain il est là. Pour tout dire, il me fout les jetons.

— Dites-lui comment s'est effacée la dernière année de votre vie.

— Une année effacée ? Qu'est-ce que cela veut dire ?

Je m'insurge et rugis presque, tellement mes émotions sont à vif. Tant pis pour ces années dans un pensionnat sélect. Des heures et des heures de leçons assommantes sur le décorum et les manières délicates partent à vau-l'eau. Je suis trop choquée pour m'en encombrer. Je ne m'attendais certes pas à ce que Damien m'accueille à bras ouverts et soit prêt à élever notre enfant et à partager avec moi une vie où on danserait avec des licornes sur des arcs-en-ciel… Mais j'avais tout de même l'espoir fou de renouer d'une façon ou d'une autre avec lui.

Je m'attendais, tout du moins, à ce qu'il exprime un minimum d'émotion en me revoyant, ne serait-ce que pour me dire qu'il regrettait d'avoir agi de façon si malavisée.

Ce que je n'ai imaginé à aucun moment, c'est qu'il nierait tout en bloc. Le coup psychologique est trop dur à encaisser, surtout dans mon état. J'ai des sueurs froides et un début de nausée… Ces nausées qui ne me quittent plus ces temps-ci… *Pitié… Pas maintenant…* Mais si. Aussi inopportun soit le moment, je vais vomir, et je n'y peux rien.

— Altesse…

X me tend un sac en papier blanc comme ceux que l'on trouve sur les vols des lignes commerciales. Je n'ai pas la moindre idée d'où il a bien pu le sortir, mais je lui en suis infiniment reconnaissante.

— Merci.

J'ai répondu aussi royalement que possible, avant de vider le contenu de mon estomac devant un public qui comprend non seulement le seul homme avec qui j'ai eu des rapports sexuels de ma vie, mais aussi toute sa famille.

Je suis embourbée dans une catastrophe royale.

Finalement, quand le sac dûment plié a été emporté par une domestique, j'affronte les regards. Je connais ces visages aussi bien que ceux des membres de ma famille. Toute ma vie, on m'a martelé qu'Edenvale rivalise avec Nightgardin sur le plan de la richesse, du territoire et de la réputation internationale.

Les grandes puissances européennes ont beau se moquer de nos querelles frontalières, cette inimitié n'est pas une plaisanterie. Elle est profonde, ancestrale et implacable.

Dans Nightgardin, les enfants apprennent à ne jamais faire confiance à un citoyen d'Edenvale à peine sevrés du sein de leur mère. J'aurais peut-être dû être une meilleure élève.

X prend soudain la parole.

— Elle est enceinte, annonce-t-il gravement. Et elle prétend que l'enfant est de Damien.

Des exclamations outrées remplissent la pièce. Seul Damien est resté impassible.

— N'importe quoi ! grogne-t-il en resserrant les pans de son peignoir. C'est impossible.

Le prince Nikolaï le regarde.

— Vraiment, mon frère ? Je ne savais pas que tu

étais capable d'une telle… retenue… auprès d'une belle femme.

La princesse Kate se rapproche de lui et pose doucement la main sur son bras.

— Inspire profondément, chéri, lui dit-elle.

Damien s'affale alors dans un grand fauteuil en étalant ses jambes devant lui.

— Tu as tout à fait raison, mon frère. Je suis un monstre dissolu, un dépravé. Mais je nierai jusqu'à mon dernier souffle que j'aie pu concevoir cet enfant.

Benedict s'éclaircit la gorge.

— Les méthodes contraceptives ne sont pas infaillibles.

— De grâce !

Damien passe une main dans ses beaux cheveux bruns. Il est mal rasé, on dirait un voyou, et pourtant, il m'attire toujours autant. Je ne sais pas si je dois le maudire, ou me maudire moi-même.

— Merci pour le cours d'éducation sexuelle, monsieur le décrocheur du séminaire, poursuit-il.

Je suis estomaquée par la façon dont Damien traite son frère aîné.

— Mais vous savez pourquoi je sais que ma méthode est infaillible ? Parce que je ne trempe jamais ma bite dans le miel d'une femme.

— Bonté divine ! s'exclame Evangeline, ahurie. C'est pour ça qu'on te surnomme le « baron de la porte arrière » à Rosegate ? Seigneur ! Je croyais que c'était parce que tu étais timide et renfermé.

— J'aurais préféré ne jamais assister à cette conversation, murmure le roi, pâle comme un linge.

Je pose les mains sur les hanches.

— Nous avons fait l'amour comme… comme il se doit.

Les joues en feu, je suis incapable de parler de façon audible. Mes parents m'ont infligé des mois d'isolement, mais rien ne peut se comparer à l'humiliation de ce moment. Elle est totale. Et ne me laisse plus qu'une colère bouillonnante.

— Encore un mensonge, princesse ! Je ne fais pas « l'amour », moi, ricane-t-il. Il paraît même que je ne sais pas ce que c'est, l'amour, que je suis incapable d'éprouver un tel sentiment. Nikolaï, veux-tu donner ton avis à ce sujet ?

— Pourquoi me fais-tu ça, bon sang ? Qu'est-ce qui t'arrive ?

J'ai crié. Je sens mon pouls qui martèle mes oreilles à un rythme précipité.

X s'avance d'un pas pour répondre à sa place.

— Le prince Damien a été trouvé près de l'hôpital royal il y a deux mois. Comme vous pouvez le constater d'après les blessures qu'il porte encore, il a été sévèrement brutalisé. Et il semble souffrir d'amnésie en ce qui concerne les jours qui ont précédé ce terrible incident.

J'inspire un grand coup et me retourne vers Damien. Je viens enfin de comprendre.

Damien se tapote la tempe avec l'index.

— Ça revient peu à peu, me dit-il. La dernière chose dont je me souvienne, c'est que j'ai gagné le Rallye de Nightgardin. Je sais qu'on m'a trouvé quelques jours plus tard. Entre les deux, je ne sais pas ce qui s'est passé… Les pièces du puzzle s'emboîtent à peu près, maintenant, mais toi, je ne vois pas. Je suis sûr que si je t'avais rencontrée, je me souviendrais au moins de ta jolie « porte arrière », et je peux t'assurer que tu ne serais pas enceinte !

Le roi presse les paumes contre ses yeux alors que je retiens l'envie de gifler son fils.

— Les gardes de ma mère t'ont battu parce que tu étais avec moi dans cette chambre. Et ils n'avaient pas l'intention d'être gentils avec moi non plus.

— Tu pourrais écrire des romans, ma jolie, répond-il avec dureté. Mais le plus vraisemblable, c'est qu'on m'a passé à tabac parce que j'avais accumulé trop de dettes de jeu.

Je me rapproche de son fauteuil pour le toiser. Je me souviens de chaque instant de notre week-end ensemble, de chaque caresse. Mais le Damien qui est devant moi, je ne le connais pas.

Cet homme n'est que glace et pierre.

Je ne m'attendais pas à des fleurs ni des poèmes, mais cette situation est un cauchemar.

— Je ne sais pas qui vous êtes, mon prince. La personne avec qui j'ai passé ces trois jours magiques était douce et prévenante.

L'accablement finit par prendre le dessus et, juste au moment où je suis sur le point de m'effondrer, X positionne un petit tabouret derrière moi. Je m'y assois.

— Qu'est-ce qui pourrait nous prouver que son histoire est vraie ? interroge Nikolaï.

Son ton n'est ni suspicieux ni agressif. Il semble juste désireux de trouver une solution.

— Un test de paternité prendra du temps, surtout à seulement deux mois de grossesse, déclare le roi en caressant sa barbe soignée. En attendant, si on la garde ici, ses parents risquent de nous déclarer la guerre pour la récupérer.

Je soupire.

— Je sais que je vous ai tous mis en danger en venant, mais les risques que j'ai pris pour le faire devraient vous prouver ma bonne foi. Je n'aurais pas couru de tels dangers sans une raison vitale. Mais porter un bâtard dans mon ventre, un bâtard d'Edenvale, qui plus est…

— Aucun de mes neveux ou nièces ne grandira avec une telle tache sur son avenir, s'insurge Benedict avec une fougue inattendue. Mon frère, tu vas devoir épouser cette femme sur-le-champ, parce que…

Il s'arrête net et se tourne vers moi, comme frappé par une pensée soudaine.

— Mais n'étiez-vous pas censée épouser le duc de Wartson cette semaine ?

J'acquiesce.

— Demain.

Il regarde son frère et l'interpelle d'un ton sombre.

— *Damien !*

— Jamais de la vie ! répond celui-ci avec virulence.

— Je ne suis pas prêtre, mais j'ai été ordonné diacre dans l'Église catholique et je suis habilité à célébrer les mariages. Si ce que dit la princesse est vrai — et j'ai le sentiment qu'elle ne ment pas — c'est le seul moyen que nous ayons dans l'immédiat pour la protéger, et pour protéger aussi notre pays, la paix et le futur membre de la famille royale qu'elle mettra au monde.

— J'accepte votre proposition.

Ma voix est ferme et déterminée. J'aime bien ce frère-ci. Il est logique et probe.

— C'est lui qui a proposé ça, pas…

Damien s'est levé d'un bond et la douleur s'inscrit aussitôt sur ses traits. J'essaie de ne pas m'apitoyer, même si le sort qu'on lui a fait subir est terrible, mais son refus de me reconnaître… C'est encore plus horrible.

— Pas moi ! complète-t-il. Je n'ai pas mon mot à dire, moi ?

Nikolaï intervient d'un ton glacial.

— Tu as mis notre famille et notre pays en danger. Le mariage est la seule solution honorable. Bon sang, Damien, nous n'avons pas le choix ! Si le roi et la reine de Nightgardin trouvent leur fille avant que tu aies réparé l'offense, tu crois qu'ils vont faire comme si de rien n'était ? Ils les exécuteront, elle et ton héritier. Et à cause de ta… de ta situation… à la cour, je ne suis pas sûr que nous soyons en mesure de te protéger. En revanche, si tu fais d'elle la princesse des deux cours…

— C'est de la folie, coupe le roi.

Le prince Nikolaï acquiesce d'un bref hochement de tête.

— Peut-être, mais c'est le seul moyen.

Le roi ne le contredit pas. Nikolaï poursuit :

— Cela ne se fera pas sans heurts diplomatiques avec la cour de Nightgardin, mais leur fureur sera moindre que s'ils estiment qu'un membre de notre famille a fait de leur fille une putain. Excusez-moi, ajoute-t-il avec courtoisie en s'adressant à moi. Ce n'est pas le fond de ma pensée, sachez-le. C'est juste que votre royaume a des idées très… conservatrices.

Je m'éclaircis la gorge en posant une main protectrice sur mon ventre.

— Je comprends. Ma propre mère ne m'a pas épargné ce mot, ni d'autres d'ailleurs, bien pires. Elle a maudit le jour où elle m'a mise au monde et a juré qu'elle aurait aimé que je ne sois jamais née. Si je suis encore en vie aujourd'hui, c'est que Wartson ignore que j'ai été déshonorée. Le mariage peut encore avoir lieu. Mais moi, je ne pouvais évidemment pas aller jusqu'au bout d'une telle farce. Pas avec l'enfant d'un autre homme dans mon ventre. Pas avec le sang royal d'Edenvale qui coule dans les veines de cet enfant. Voilà pourquoi je me suis enfuie.

— Au fait, comment t'y es-tu prise ? demande Damien en me couvrant d'un regard méfiant.

Je hausse les épaules.

— J'ai noué quatre draps ensemble et je me suis évadée de ma tour comme toute princesse qui se respecte. Après avoir fait prendre un somnifère à ma servante, bien sûr.

X s'avance vers Damien.

— Monsieur, si je puis me permettre…, lui dit-il.

Soit vous épousez cette femme remarquable, soit je le ferai moi.

Benedict et Nikolaï gloussent, mais Damien ne trahit aucune émotion. Pour ma part, je ne comprends pas leur dynamique familiale. Même en temps de crise, ils font preuve d'humour, et se manifestent même de l'affection.

— Ne le fais pas pour elle, ni même pour l'enfant qui, j'en suis à présent persuadé, sera de toi, intervient le roi. Mais parce que le pire scénario possible, c'est que tu aies fécondé l'héritière de notre ennemi et, il faut que tu le reconnaisses, mon fils : lorsqu'il s'agit de toi, c'est toujours le pire scénario qui finit par se réaliser.

Damien accuse le coup et, malgré mes bonnes résolutions, j'ai de la compassion pour lui, non pas à cause de ses blessures visibles, mais de celles qu'il cache derrière cette façade bourrue.

Je pense aux perspectives qu'ouvre ce possible mariage entre nous en dépit de ses sentiments — ou plutôt de son absence de sentiments — à mon égard. Mon enfant pourrait grandir dans ce pays, en sécurité et bien entouré. Il aurait une vie, connaîtrait la liberté. C'est bien plus que je ne pourrais espérer en épousant le duc.

Et qui sait, peut-être que ce qui paraît impossible aujourd'hui pourrait devenir réalité et qu'un jour, même lointain, cet enfant saura mettre fin à l'inimitié entre nos deux peuples.

Je rencontre le regard de Damien et, cette fois, je ne détourne pas les yeux. Subir ce regard fixe et vide d'émotion, où ne subsiste rien de ce que je croyais avoir partagé avec lui, est extrêmement douloureux. Avec lui, j'ai osé espérer, alors que j'aurais dû savoir que le grand amour n'était pas inscrit dans mon destin. Il ne me reste plus qu'un espoir, celui que, dans ce pays, mon enfant ait une chance de le trouver un jour.

Face à moi, Damien paraît dévoré par la colère et les soupçons.

— Altesse ? dis-je. Avez-vous pris votre décision ?

Ce n'est pas ainsi que j'avais imaginé mes noces, mais au moins je n'ai pas à épouser un vieux duc lubrique. J'ai toujours su que ce jour ne serait pas pour moi le plus beau de ma vie, mais je n'avais pas imaginé que le marié serait en pyjama et qu'il aurait le visage d'un homme qui a perdu une bagarre dans un bar.

— Puisqu'il le faut, allons-y ! grogne-t-il. Mais je vous avertis, princesse, pour qu'on ne vienne pas me dire ensuite qu'il y a tromperie sur la marchandise : je suis un être maudit.

À son clin d'œil narquois, je réponds d'un sourire amer.

— Finalement, il semble que nous ayons beaucoup de choses en commun.

6

Damien

— À la chapelle, alors ! s'exclame Benedict avec un geste fleuri de la main.

Je rajuste mon peignoir et noue correctement la ceinture. Ne pas être habillé pour l'occasion est une chose, avoir l'air ridicule en est une autre.

— Mais il est en peignoir, mon amour, fait remarquer Evangeline en prenant Benedict par le bras.

Je ne m'attendais pas à ce qu'elle vole à mon secours, mais Dieu merci, au moins quelqu'un l'a fait.

Juliet déboutonne son trench beige et révèle l'uniforme de domestique qu'elle porte en dessous : une robe grise très simple, surmontée d'un petit tablier blanc. Soudain, quelque chose dans la façon dont ses cheveux tombent sur ses épaules produit en moi une sensation de déjà-vu. Je la repousse aussitôt. Elle aura beau le jurer, je sais que je n'aurais jamais fait l'amour avec la princesse de Nightgardin. La seule fois où j'ai été avec une femme comme elle, j'ai provoqué sa perte. Je ne suis pas assez idiot pour commettre une telle erreur deux fois.

— Nous faisons la paire ! s'exclame Juliet.

— Vous ne ferez pas la couverture de *Vogue*, pour sûr, répond Kate en gloussant, avant de se reprendre pour ajouter : C'est parfait, en fait. Vous vous souviendrez tous les deux de ce jour pendant de longues années.

Benedict tape dans ses mains.

— Il faut y aller sans délai, indique-t-il. Dès qu'on s'apercevra à Nightgardin que Juliet a disparu — si ce n'est pas déjà fait — la Garde noire se mettra à la pister. Et comme ils savent pour Damien…

— … Les armes retentiront avant la tombée de la nuit, complète Nikolaï. Alors ramène tes fesses à la chapelle et sauve nos vies et la paix, Damien ! Pense à quelqu'un d'autre que toi, pour une fois !

Tous les yeux sont rivés sur moi, mais je ne réagis pas. En quittant la pièce, je frôle de l'épaule mon frère, l'héritier du trône. Je sens sa rage vibrer comme un haut-parleur dans un concert de rock.

— Attends ! lance Juliet en trottinant pour arriver à ma hauteur.

En cortège désordonné, nous sommes en train de traverser le parc pour gagner la chapelle. Je lui demande d'un ton sec :

— Quoi ?

Elle s'arrête, mais comme je continue à marcher, elle se met à courir pour me rattraper.

— *Quoi* ? s'indigne-t-elle. Bon sang ! Nous sommes sur le point de faire une chose absolument inouïe et tu ne cherches même pas te renseigner sur la femme avec laquelle tu vas te lier pour l'éternité !

Je ricane.

— Pour l'éternité ? Ne crois pas ça, ma jolie. Le mariage n'est qu'un bout de papier que tu pourras utiliser pour prouver à tes parents que tu n'es pas…

Les mots ont un goût amer.

— Que tu n'es pas ma *putain*. C'est bien ce qu'ils t'ont dit, n'est-ce pas ?

Et même si Nikolaï a déjà employé le terme malgré lui, et même si j'ignore combien de fois les parents de Juliet l'ont fait, le lui rappeler à dessein m'emplit de honte. Je ne connais pas cette femme, mais je ne lui souhaite aucun mal. Pas le moindre chagrin. C'est peut-être un jeu et elle nous prend pour des idiots. Mais quel serait son but, dans ce cas ? Cela n'aurait aucun sens : un membre de la famille royale de Nightgardin se pointerait au palais dans le but de jouer avec nous à je ne sais quel jeu létal ? C'est absurde…

Elle chancelle lorsque nous franchissons les portes de la chapelle et je la retiens d'un geste instinctif. Ce bref contact envoie une décharge électrique dans tout mon corps.

— Doucement, princesse ! Tu as besoin de manger, on dirait ?

Elle secoue la tête.

— Il me semble avoir déjà démontré que je suis incapable de garder quoi que ce soit dans le ventre en ce moment… Les nausées du mat…

X est à côté d'elle avec un sac blanc propre juste au moment où elle en a besoin.

— Les nausées du matin, dis-je à sa place.

Une fois de plus, tout le monde s'arrête autour de la princesse. Qui sera, a priori, *ma* princesse dans quelques instants.

— Je vais bien, assure-t-elle en roulant soigneusement le bord du sac. Mais il faudra sauter la partie qui dit « Vous pouvez embrasser la mariée »…

Elle a un petit sourire penaud des plus touchants, mais je n'ai pas le temps de m'y attarder, car je vois X porter une main à son oreillette, puis chuchoter quelque chose à mon père.

— Partez tout de suite ! lui répond alors le roi. Faites le nécessaire jusqu'à ce qu'on ait accompli ici ce qui doit être accompli.

X se glisse devant nous et s'éloigne dans le parc.

— Tout va bien, mon père ?

C'est moi qui ai parlé, mais c'est vers Nikolaï que ce dernier se tourne.

— Ils sont là.

Juliet pousse un cri étouffé et je suis moi-même incapable de conserver ma nonchalance affichée.

— Les hommes de Nightgardin ?

L'anxiété me gagne. C'est moi qui ai attiré ce malheur sur Edenvale. Et je ne me souviens même pas de l'avoir fait.

— Vite ! commande Benedict en nous poussant dans l'allée, entre les bancs. Les alliances ! Il doit y avoir un échange d'alliances !

Kate se précipite vers nous.

— Tenez !

Elle enlève ses boucles d'oreilles — deux anneaux en platine incrustés de diamants, d'un diamètre à peine supérieur à celui d'une bague, et les pose dans la paume de Benedict.

— Considère ça comme un prêt jusqu'à ce que tu lui en achètes une digne de ce nom, me dit-elle.

Juliet rougit et je suis forcé de mettre les points sur les « i ».

— Écoutez. Je vais faire ce qu'il faut parce que nous n'avons pas le choix. Mais ne prétendons pas que ça va se transformer en conte de fées. Tout le monde sait ce qui s'est passé la dernière fois qu'Edenvale et Nightgardin ont essayé d'obtenir la paix par le biais de deux jeunes amoureux.

— Ils ont sauté dans le vide, précise doucement Juliet.

J'esquisse une révérence théâtrale en faisant fi de la douleur qui vrille mes côtes.

— Exactement ! Maximus et Calista ont eu la folie de croire qu'ils pourraient même approcher le bonheur. Alors, s'il vous plaît, arrêtez de faire comme si quelque chose avait changé depuis.

Juliet claque la langue.

— Qu'est-ce qu'il y a *encore*, princesse ?

Elle dresse fièrement le menton.

— Ce n'est pas comme ça que tu m'as raconté l'histoire, dit-elle. Quand tu m'as emmenée au Saut des Amonts, tu m'as raconté leur rencontre — leur coup de foudre — avec une mélancolie que jamais je n'aurais imaginée chez un homme de ta réputation. Et pendant quelques nuits de folie, je me suis laissée aller à croire que peut-être nous aurions ce dont ils ont été privés. Mais d'après le peu que j'ai vu aujourd'hui, le Damien que j'ai rencontré n'existe plus. Et peut-être qu'il n'a jamais existé.

Je suis sur le point de lui décocher une riposte acerbe, mais le portable de Nikolaï sonne à cet instant. Lorsqu'il raccroche, tout s'accélère.

— Vite, Benedict, dit-il. Marie-les tout de suite, sinon, c'est la fin.

Et au milieu d'un tourbillon de vœux habituels — des trucs à propos de santé et de maladie, d'amour et de respect — je me vois glisser l'anneau prêté par Kate au doigt de Juliet. Celle-ci ferme le poing pour garder le bijou en place.

— Oui, dit-elle avec une conviction que je ne comprends pas.

Comment pourrait-elle vouloir *ça* ? Me vouloir *moi* ?

Pourtant, je m'entends répéter le mot comme si j'étais un simple spectateur plutôt qu'un des principaux concernés.

Parce que c'est ça exactement ce que je suis depuis des années, un spectateur de ma propre vie — dans laquelle je ne m'investis pas, à laquelle je ne songe même pas à prendre part. Et j'ai mes raisons : quand je suis engagé dans une relation importante, je cause à l'autre des dégâts irréparables.

J'ai tué ma mère en naissant.

J'ai tué Victoria, mon premier amour.

J'entends le bruit de bottes devant la chapelle et je sais que j'ai aussi scellé le destin de Juliet.

— Par les pouvoirs qui m'ont été conférés, je vous déclare, ici en ce lieu, mari et femme.

Benedict vient de prononcer le dernier mot lorsque la porte s'ouvre violemment sur un groupe de gardes de Nightgardin, qui s'engouffrent dans la petite église, suivis de patrouilles d'Edenvale. Mon frère se contente de les saluer d'un hochement de tête.

Sans réfléchir, je prends la main de Juliet et descends de l'autel en ordonnant :

— Bas les armes, vous tous ! Par ordre de Damien Lorentz, prince d'Edenvale.

Puis je serre la main de ma jeune épouse.

— Et de Juliet d'Estel, princesse de Nightgardin et d'Edenvale.

Elle passe la main sur son ventre.

— Et au nom de l'héritier des deux royaumes, ajoute-t-elle d'une voix claire.

Tous les gardes s'arrêtent et s'agenouillent.

— Envoyez un messager au roi et à la reine, mes parents, lance encore Juliet d'un ton impérieux. Faites-leur savoir que je porte en moi le tout premier héritier de Nightgardin et d'Edenvale. Faites-leur savoir que je n'épouserai pas le duc de Wartson, puisque je suis désormais l'épouse du plus jeune prince d'Edenvale. Et faites-leur savoir qu'aucun autre acte d'agression de la part de Nightgardin ne sera toléré.

Elle me jette un regard interrogateur et j'acquiesce.

Elle appartient à présent autant à la royauté d'Edenvale qu'à celle de Nightgardin.

L'un des gardes ose sourire en la regardant et j'éprouve la furieuse envie de lui arracher les yeux. Mais, à ce moment précis, tous les hommes se lèvent et battent en retraite comme s'ils s'étaient donné le mot.

Je dois me retenir pour ne pas applaudir. Après tout, personne n'est encore mort. Je me penche vers l'oreille de ma complice dans cette farce.

— Bien joué, soufflé-je.

Juliet se dresse, toute en majesté, comme la princesse qu'elle est.

— Ce n'est pas un jeu, dit-elle. Et maintenant, j'aimerais qu'on me montre mes appartements. Je suis épuisée.

Elle s'élance dans l'allée sans se retourner.

Mais bon sang, qu'est-ce que je viens de faire ?

Juliet

Je viens de me marier et c'est mon premier jour comme princesse dans un nouveau royaume, mais je ne m'en retrouve par moins, comme toujours, seule dans ma haute tour. Assise devant la coiffeuse, je tresse mes cheveux encore humides après la douche lorsqu'on frappe à la porte.

Je pose la brosse en argent qu'un majordome m'a fournie et réponds :

— Entrez !

Un simple mot, que j'ai pourtant du mal à articuler,

tellement je me sens reconnaissante. Depuis deux mois, personne n'a pris une seule fois la peine de frapper à ma porte. Au contraire, j'avais l'impression que, chaque fois que je me rendais dans la salle de bains, un membre de la Garde noire faisait irruption chez moi. Humiliée et vulnérable, j'étais sur le qui-vive chaque minute de chaque heure.

Je serre les dents. Je ne pardonnerai jamais à mes parents ce traitement dégradant. Mon incartade était passible de la peine de mort, mais ils avaient besoin de moi puisque j'étais leur seule héritière, et ils me le faisaient payer.

La porte s'ouvre pour laisser entrer mes homologues Kate et Evangeline, les princesses d'Edenvale. Chacune porte un panier couvert d'une pièce de lin d'un blanc impeccable.

Mon sourire tremble un peu, je ne sais pas à quoi je dois m'attendre de leur part. Après tout, ce sont des étrangères pour moi, comme tout le pays, du reste, et je ne peux chasser la méfiance qu'on m'a inculquée à leur égard et qui déteint sur le moindre échange.

— Bonjour ! C'est gentil de me rendre visite…

— On t'apporte des cadeaux, chantonne Kate en posant son panier sur une table et en retirant le linge comme le ferait un magicien. Des scones au gingembre de la cuisine tout juste sortis du four ! Je t'ai entendue dire tout à l'heure que tu n'avais rien mangé et j'ai pensé que ça pourrait te faire du bien. Ils sont à tomber par terre, tu verras.

Elle se tapote les hanches, fines comme celles d'une adolescente.

— J'ai pris une taille depuis que je vis au palais, mais Nikolaï adore mes nouvelles courbes.

— Et moi, je t'ai apporté des fournitures pour dessiner.

Le panier d'Evangeline regorge de livres de coloriage pour adultes et de crayons de couleur bien taillés. Je n'en reviens pas.

— Vous êtes venues en personne pour m'apporter tout cela ? je m'exclame. Un domestique aurait pu s'en occuper !

Elles échangent un bref regard.

— Tu es notre sœur, maintenant, explique Kate avec douceur. Les vœux que tu as prononcés te lient à Damien et, par là même, à nous aussi. Et le bébé que tu portes sera le cousin de nos futurs enfants !

Evangeline me prend la main.

— D'ailleurs, les mariages éclairs sont en quelque sorte une tradition dans la famille. Nous aussi, nous sommes pratiquement des jeunes mariées. Aucun de nos deux maris n'a eu la patience d'attendre que l'on organise un mariage d'État, qui demande des mois, voire des années de planification.

— Nikolaï a fait un compromis : il s'est engagé à ce que son couronnement soit fait en grande pompe, précisa Kate avec un clin d'œil tout en repoussant sur son épaule ses longs cheveux couleur flamme. Mais c'était avant tout pour épargner une crise d'apoplexie au maître du protocole de la maison royale.

Je les regarde, la gorge nouée.

— Mais vous, vous êtes toutes les deux mariées avec des hommes qui vous aiment et qui vous veulent à leurs côtés. Nikolaï et Benedict sont en adoration devant vous, ça saute aux yeux. Alors que, quand Damien me regarde, c'est comme si j'étais un bout de vous savez quoi sous la semelle de ses pantoufles.

Kate soupire.

— Chacun de nous a rencontré des écueils sur le chemin de l'amour, mais cela fait partie de la beauté de nos histoires. Tu trouveras ton propre chemin vers le bonheur, crois-moi.

— Oh ! nous avons été heureux, dis-je tout bas. Nous avons eu trois jours de bonheur parfait. Et puis ma famille m'a retrouvée et Damien a tout oublié.

— On lui a fait oublier à force de coups, Altesse !

Nous nous tournons, alarmées, vers la voix masculine derrière nous. X est à califourchon sur le rebord de la fenêtre. J'ai le cœur qui bat à tout rompre : il m'a fait peur.

— Mais d'où sortez-vous ?

— Il fait ça tout le temps, répond Kate en riant. Tu t'y habitueras.

— Je vous prie de m'excuser, Altesses, j'étais en train d'installer un système de sécurité supplémentaire autour des fenêtres de la princesse Juliet. Rien pour l'instant n'indique que Nightgardin prépare une tentative d'enlèvement, mais nous ne voulons prendre aucun risque avec un membre de notre famille royale.

Encore ce mot.

Famille.

Je mets la main sur mon ventre.

— J'apprécie vos prévenances à mon égard.

X hoche la tête sèchement.

— Je n'ai pas pu m'empêcher d'entendre des bribes de votre conversation, Altesse, c'est pourquoi je me suis permis d'intervenir. Vous ignorez, je pense, que lorsque nous avons trouvé Damien, il avait oublié toute une année de sa vie. Les coups portés à sa tête auraient pu lui être fatals, les médecins estiment que c'est un miracle qu'il ait survécu. Notamment, les contusions autour de la nuque ont sans aucun doute été provoquées par la crosse d'un fusil.

J'ai un goût de bile dans la bouche. Est-il vraiment possible qu'on ait agi avec une telle violence sur ordre de Mère et Père ? Rien que d'y songer, cela me rend malade.

— Au fur et à mesure que l'inflammation du crâne diminuait, il a retrouvé ses souvenirs. Comme il vous l'a dit, il a pratiquement récupéré la mémoire, à quelques jours près.

— Les jours que nous avons passés ensemble.

Il acquiesce de nouveau.

— Peut-être… Peut-être qu'il ne veut pas s'en souvenir, dis-je, et ma voix se brise comme je parle. Excusez-moi, mais je suis très fatiguée. Le voyage a été long et j'ai eu une matinée mouvementée.

— Je t'enverrai un médecin d'ici quelques jours, promet Kate avant de partir. Histoire de te rassurer.

Evangeline montre d'un geste les livres de coloriage.

— Quant à ces… Je sais que ça a l'air stupide, mais l'art a le pouvoir de guérir des choses qui nous paraissent incurables.

— Merci.

Je suis aussi sincère qu'on peut l'être. Leur gentillesse me dépasse. C'est si rare dans mon monde.

La porte se ferme derrière elles avec un déclic et X s'apprête à ressortir par la fenêtre. Je m'approche du bord pour regarder. Nous sommes pratiquement à vingt mètres du sol, qui est en dalles de pierre. C'est assez impressionnant.

— Vous ne portez pas de harnais ?

— Autrefois, je faisais de l'escalade libre dans les Dolomites. Avec ça, je garde la forme.

— Mais je ne voudrais pas que vous tombiez et que vous vous écrasiez comme un œuf à cause de moi.

Il tire gentiment sur l'une de mes tresses.

— Alors je vais vous promettre de ne pas tomber et, comme ça, vous n'aurez rien à craindre !

Son trait d'humour me fait sourire et me touche. J'ai toujours voulu avoir un grand frère et cet homme est l'incarnation ambulante de celui dont j'ai rêvé.

— Vous n'avez pas besoin de rester enfermée dans la tour, indique-t-il en passant les jambes à l'extérieur de la fenêtre. Le parc est très grand. Regardez, vous avez là le labyrinthe, puis la chapelle. Plus sur le côté, c'est le puits aux vœux. Allez retrouver votre nouveau mari. Demandez-lui de vous faire visiter le domaine.

— Mon nouveau mari…, je murmure, amère, en serrant mes bras autour de moi.

— Pour ce que ça vaut, répond X en s'accrochant d'un geste leste et compliqué à un piton presque invisible sur la paroi du château, je vous crois, du début à la fin. Quelque chose s'est passé entre vous au cours de ces jours dont il ne se souvient plus… Damien a été perdu toute sa vie. Il a traversé de nombreuses tempêtes, beaucoup trop pour un homme de son âge. Peut-être êtes-vous sa lumière dans l'obscurité.

— Vous l'aimez beaucoup.

— J'ai toujours eu un faible pour les outsiders.

Une expression vient troubler son visage puis disparaît.

— En plus, j'ai fait la promesse, il y a longtemps, de veiller sur lui. Et je n'ai pas l'intention de la rompre.

— Cette promesse, à qui l'avez-vous faite ?

Mais il est déjà en train de redescendre, de plonger autour d'une gargouille sculptée, me laissant avec plus de questions que je n'en avais à mon arrivée.

7

Damien

Je me précipite vers le hangar du palais. Après les événements de la journée — j'ai épousé une inconnue qui dit porter mon enfant — j'éprouve le besoin urgent de monter à bord d'une voiture et de rouler. Mais il semble que mon frère aîné ait d'autres projets pour moi.

— Où penses-tu aller comme ça ?

Nikolaï tourne vers moi un sourire satisfait alors que je vois l'Alfa Romeo s'élever de plusieurs étages sur la plate-forme mécanique. Notre arrière-grand-père possédait une collection d'automobiles exceptionnelle qu'il garait ici avec ses avions. Les plates-formes mobiles lui ont permis de gagner de l'espace, mais j'ai l'impression que les agissements de ce cher Nikolaï n'ont rien à voir avec le rangement de ma voiture préférée.

— Tu n'es plus sur le circuit, me rappelle-t-il en empochant mes clés. Et ton bolide, ne pense même pas à le récupérer. Tu ne connais pas le code du monte-charge, et je le changerai tous les jours s'il le faut.

On est face à face maintenant et j'inspire rageusement. Je serai toujours le petit frère mais, dans les faits, je mesure bien cinq centimètres de plus que lui.

— Pourquoi ? Et d'abord, depuis quand est-ce que ça dépend de toi ?

Il chasse un grain de poussière imaginaire de l'épaule de mon blouson en cuir, un geste condescendant qui est… tellement Nikolaï ! Je sais qu'il me déteste, et qui pourrait le blâmer ? Mais cela ne veut pas dire que je ne suis pas capable de voir qu'il se comporte comme un mufle.

— On compte ? demande-t-il.

— Compter quoi ?

J'ai bêtement saisi la perche qu'il me tendait. Il croise les bras.

— Le nombre de fois où tu as pris une voiture et où ça s'est fini en catastrophe.

Ces mots me font l'effet d'un coup de poing en pleine figure.

— Tu as réussi magnifiquement à « sauver » Victoria du mariage avec l'homme qu'elle feignait d'aimer. Et maintenant, c'est au tour de cette charmante Juliet. Ta femme. Si tu n'avais pas tenté le destin une fois de plus sur ce piège mortel qu'est le circuit de Nightgardin, nous ne serions pas en pleine crise diplomatique à l'heure qu'il est.

Si je ne le connaissais pas si bien, je pourrais croire que mon frère est inquiet. En l'occurrence, je préfère le provoquer.

— Rien à voir avec ma fracture du crâne et toutes mes blessures qui n'ont pas encore guéri, alors. Tout ça n'a aucune importance pour toi, dans la mesure où je t'ai privé de ta mère, de ton premier amour, et peut-être même de ton royaume à présent, n'est-ce pas ?

Ma gorge se serre, les mots brûlent comme du vitriol.

— Oui. Je te considère comme responsable de la mort de Victoria. Et de la situation actuelle. Quant à maman… Damien, c'était inévitable. Parfois, des femmes meurent en couches, et personne n'y peut rien.

Il n'y a aucune compassion dans son ton, c'est du pur pragmatisme.

— Même Père en a conscience. Quels que soient les problèmes que te posent les circonstances de ta naissance, ils t'appartiennent, à toi et à personne d'autre. Mais les conséquences de tes décisions irréfléchies, c'est une affaire bien différente.

Après l'accident, mon frère ne voulait plus me parler. Il ne supportait même pas d'être dans la même pièce que moi. Je n'ai pas été autorisé à assister aux funérailles de Victoria. Donc, en dépit du manque d'affection qui caractérise cette conversation, elle a le mérite d'avoir lieu, pour la première fois depuis des années.

— Je veux ma voiture, Nikolaï. Je suis censé me déplacer comment, sinon ?

Quelqu'un toussote derrière moi et je me retourne. X se tient à l'entrée du hangar. Il est appuyé sur la calandre d'une Audi SQ5 que je n'ai pas entendue approcher. Je n'ai pas non plus entendu le conducteur sortir du véhicule.

— Il faut que tu arrêtes de faire ça, dis-je à celui qui veille à la sécurité de la famille depuis mon enfance.

À l'époque, je trouvais ces tours très amusants, je voulais savoir comment il faisait.

— C'est une atteinte à la vie privée, cette façon de te pointer comme ça à tout bout de champ !

X se redresse et brosse d'une main le revers impeccable de sa veste.

— Mes excuses, Altesse. Mais cela fait partie du métier. Si *vous* ne me voyez arriver, l'ennemi non plus.

Nikolaï se met à rire.

— Crois-moi, c'est X qu'on a envie d'avoir à ses côtés quand ça barde. Et en plus, tu as la réponse à ta question.

— Ma question ?

Je comprends juste après avoir parlé.

— Non. Hors de question ! Il n'est pas question qu'on me promène. Merde alors ! Je vais où je veux, quand je veux.

Nikolaï esquisse une moue sceptique.

— Eh bien, tu vas devoir t'habituer à aller là où X t'emmènera.

Sans un mot de plus, il saute sur une BMW S 1000RR, enfile un casque et part à pleins gaz. Avec mes clés et le code du monte-charge.

Je soupire, résigné, et m'approche de l'Audi et de

l'homme qui va apparemment me conduire vers ma prochaine destination.

— Je suis venu à pied, dis-je dans un grognement. La seule raison pour laquelle je vais te laisser faire le chauffeur, c'est que mes côtes me font un mal de chien et que je ne suis pas d'humeur à marcher.

Un coin de la bouche de X tressaille, mais ce n'est même pas l'ombre d'un sourire.

— Bien sûr, Votre Altesse.

Je lève le sourcil.

— J'imagine que ça ne sert à rien que je t'ordonne de me filer les clés de cette belle bête, sous prétexte que je suis ton prince et tout ça…

Il ouvre la portière arrière et m'invite à m'installer dans l'habitacle d'un geste respectueux.

— Vous savez bien que cela ne marche pas tout à fait comme cela, prince Damien. En plus, je pense que la princesse apprécierait un peu de compagnie.

Je me penche pour regarder à l'intérieur. Juliet est là.

Seigneur ! J'en ai vraiment marre, des surprises…

— C'est votre épouse, Votre Altesse, murmure X. Il est temps que vous fassiez connaissance.

Il a peut-être raison, mais j'aurais aimé qu'on me laisse faire ce que je veux, ne serait-ce qu'une fois dans la journée. Et j'aurais préféré faire connaissance avec elle une fois que j'aurais eu les idées moins confuses.

Je me glisse sur la banquette et voilà la surprise numéro trois : mon épouse ne me regarde même pas !

— Heureux de te voir moi aussi, je marmonne en regardant droit devant moi.

Je dois cependant dire que, malgré mes réticences, la tension dans mes épaules s'envole. La présence de cette femme m'apaise, bizarrement, ce qui me pousse à me demander s'il n'y aurait pas quelque chose de vrai dans son histoire de week-end passé ensemble à Nightgardin.

Je pose la main sur la banquette et mon petit doigt frôle le sien. J'ai le temps de sentir sa main trembler avant qu'elle se redresse et la retire. Je remarque alors qu'elle porte un jean qui épouse ses courbes fines, et une paire de bottes d'équitation qui lui montent jusqu'aux genoux.

Il y a du mouvement dans la zone de ma braguette. Cette tenue décontractée lui va vraiment bien.

— Je tiens à te dire qu'on ne m'a pas consultée avant de programmer cette petite balade, dit-elle. Si passer du temps avec moi est une corvée, tu peux te plaindre à Leurs Altesses les princes tes frères ou à Sa Majesté ton père.

— Tu es en colère contre moi.

— Je suis restée toute seule dans une chambre en haut de la tour. Je n'ai plus de pays, je n'ai plus de maison, et je n'ai même pas un allié pour me soutenir. Ta famille est fort aimable, mais je la sens méfiante. Soupçonneuse. J'ai l'impression que, si elle a accepté ce plan, c'est dans le but de m'instrumentaliser contre Nightgardin.

Je pousse un soupir.

— Personne ne cherche à t'instrumentaliser.

Elle daigne enfin tourner ses beaux yeux vers moi.

— Ah bon ? Alors qu'est-ce qu'on fait là, toi et

moi ? X m'a dit que tes frères et ton père avaient décidé que nous devions faire une apparition publique, avec séance photo à la clé, pour annoncer notre mariage à tout le royaume.

— Génial ! Ça va être une annonce de choc ! Je vois le titre d'ici : « Deux mois après avoir été battu et laissé pour mort, le prince banni foire à nouveau royalement. » Sur cinq colonnes, avec une photo de moi bourré de cicatrices et de bleus, aux côtés de ma femme enceinte. Le tirage va s'épuiser en cinq minutes !

Juliet retient son souffle en même temps que X pile. Il me semble qu'on m'enfonce un couteau dans la chair tant la douleur est vive, et je lâche un juron. On dirait que nous avons atteint notre destination et, quand je regarde par la vitre, je vois qu'on se trouve devant les écuries royales. Ceci explique la tenue de cavalière de Juliet.

— C'est ce que tu vois en moi ? Une erreur royale foireuse ?

Les yeux bruns qui me dévisagent sont froids comme une nuit d'hiver.

— Je savais que l'amour était une illusion, dit-elle. J'étais prête à me marier avec Wartson, mais quand j'ai appris que j'étais enceinte, je n'ai pas eu d'autre choix que de m'enfuir. De revenir vers toi. Vers un homme qui, de toute évidence, ne pense qu'à lui.

Sur ce, elle ouvre sa portière et saute du véhicule pour se précipiter vers les écuries.

— Je ne la laisserais pas monter l'un de ces chevaux dans son état, lance X d'un ton où je crois percevoir de l'amusement. Si elle les effraie ou fait quelque chose de dangereux, elle risque de se prendre une ruade, voire de se retrouver à terre. Et qu'adviendra-t-il alors de cet enfant voué à unifier les deux royaumes ?

Je secoue la tête avec un grognement, mais une idée soudaine me redonne le sourire. Je n'ai peut-être plus le droit de rouler à tombeau ouvert sur les routes, mais je peux assurément foncer au galop sur un pur-sang. Après avoir fait le nécessaire, bien sûr, pour que ma jeune épouse ne prenne pas de risques inconsidérés.

Juliet

— Je suppose que tu as un minimum d'expérience en équitation ? me demande Damien en pénétrant dans l'étable.

J'ai deux options : prendre sur moi et garder mon calme ou trouver une pelle et en flanquer un bon coup sur le sourire suffisant de mon nouveau mari.

— Non.

C'est d'autant plus facile de lui mentir que je n'ai eu à utiliser qu'un seul mot. Il soupire, agacé.

— Reste là un instant, dans ce cas. Je vais préparer les chevaux.

J'obtempère, non parce que je ne saurais pas comment l'aider, mais parce que je préfère en profiter pour observer cet homme, qui m'est à la fois si familier et si étranger.

Quand il se penche pour ramasser une selle, son

jean délavé noir moule ses hanches étroites et j'oublie de respirer. D'accord, je n'apprécierais pas qu'on me regarde comme ça, mais, nom d'un chien, c'est que c'est un parfait spécimen mâle, avec un corps tout en muscles, des épaules bien carrées et une taille souple. Le jean qu'il porte semble faire l'amour avec ses jambes et je parcours, à la fois avec les yeux et dans mon souvenir, ces coins secrets de son corps que j'ai embrassés, léchés et mordus. Et, bien que je sois outrée et furieuse qu'il m'ait oubliée, je me sens toute émoustillée.

— Ça devrait aller, monte ! indique-t-il en me tendant la main pour m'aider.

Je pourrais m'en passer, mais j'accepte avec un « merci » assez sec.

Une fois que je suis montée, le cheval frappe le sol du sabot et le choc se répercute sur ma peau sensible.

Tu es Juliet de Nightgardin, protectrice des Hauts Plateaux, dame des Sept-Montagnes, gardienne de l'héritage gardinien et défenseur de la foi.

Mais cette ribambelle de titres illustres ne change rien au fait qu'en ce moment précis je suis juste une femme excitée par le père de son enfant, un homme ombrageux qui a oublié qui je suis.

L'amertume me retourne l'estomac et la douleur me ronge comme de l'acide.

Ce n'est pas plus mal. Tout vaut mieux que ce désir malvenu. Je prends les rênes et ordonne :

— Écarte-toi !

— Du calme ! fait-il avec une arrogance paternaliste. Il faut que tu apprennes les bases d'abord.

Je fulmine du regard.

— Écarte-toi, j'ai dit !

Son regard ombrageux le rend encore plus sexy. Comment est-ce possible ? Je n'ai pas le temps de réfléchir à ce mystère. Il faut que je sorte de cette étable. Tout de suite ! J'ai besoin d'un bol d'air frais.

— Comme tu voudras.

Je talonne les flancs de mon hongre, qui répond sans regimber. Damien, je dois dire, m'a choisi une bête placide, parfaite pour une débutante. Mon mari n'est pas le monstre qu'il prétend être. Il ne veut pas risquer mon intégrité physique ni la vie de son futur enfant.

De toute évidence ce cheval est très bien dressé et, si on le lui demande, il sait vraiment courir. Et c'est ce qu'il me faut en ce moment : de la vitesse.

J'ai parcouru un bon bout de chemin quand Damien arrive à ma hauteur. Il monte à cru sur un pur-sang arabe.

— Qu'est-ce que tu fabriques ? crie-t-il. Tu m'as dit que tu ne savais pas monter à cheval.

— Pas du tout ! Tu ne m'as pas écoutée. Tu as décidé que je ne savais pas monter à cheval !

— Mais c'est ce que tu m'as dit !

— Non. J'ai dit que je n'avais pas « un minimum » d'expérience en équitation. De l'expérience, j'en ai *beaucoup*, Votre Altesse !

Je sors de la route avec un claquement de langue et mon cheval saute par-dessus une clôture comme si de rien n'était. Je lui tapote le cou pour le féliciter en murmurant :

— Bravo…

C'est un plaisir sans nom, cette énergie pure, ce beau mélange de muscles et d'élégance. Je ne suis pas montée à cheval depuis des mois et ça me fait un bien fou.

Au galop que j'entends derrière moi, je déduis que Damien n'est pas un amateur non plus. Il me rattrape et nos chevaux courent alors côte à côte. J'ai les cheveux au vent, car le ruban qui retenait ma tresse n'a pas résisté à cette folle cavalcade.

Quelque chose éclate en moi et je pousse un cri de joie, savourant ce moment grisant de liberté, la sensation du soleil et de l'air frais sur ma peau. Je presse encore l'allure et j'ai l'impression que mon cœur veut s'échapper de ma poitrine.

Nous approchons bientôt d'une rivière que traverse un vieux pont en pierre.

— Tu mérites de boire un verre, l'ami, dis-je affectueusement au cheval.

Je descends à terre pour l'amener au bord de l'eau.

— Pudding, lance Damien.

— Pardon ?

Il a faim, mon prince, ou est-ce la course qui l'a trop secoué ?

— Ton cheval s'appelle Pudding. Ou Puddine, comme disent les garçons d'écurie. On ne l'a jamais considéré comme un cheval de course. Si je ne t'avais pas vue le monter de mes propres yeux, je n'aurais jamais cru qu'il pouvait galoper si vite.

— Ah bon ? Eh bien, disons que Puddine a plus à offrir qu'il n'y semble à première vue.

J'attache ma monture à un saule près de l'eau, là où il peut étancher sa soif et brouter l'herbe fraîche et odorante qui tapisse le sol.

— Comme toi.

Il descend et s'approche... un peu trop. Et quand il tend la main pour me relever le menton et me forcer à le regarder dans les yeux, j'ai l'impression que c'est la chose la plus naturelle au monde.

— Qu'est-ce que tu fais ?

Avec ma bouche si sèche, c'est presque un miracle que je parvienne à articuler cette question.

— Je n'en sais rien, répond-il d'une voix tranchante comme du silex. Absolument rien...

Son air désespéré me fait frissonner.

— Tout à l'heure, quand tu galopais, tu as crié et... je te le jure, pendant un instant, j'ai cru me souvenir...

Ma main tremble.

— Te souvenir ? De quoi ? De quoi t'es-tu souvenu, Damien ?

— Je ne sais pas. C'est comme si j'essayais de distinguer quelque chose sous l'eau : c'est flou, vaseux. Tout ce que je peux dire, c'est que nous étions ensemble, et que tu as crié.

Il fronce les sourcils.

— Tu me prends pour un fou ? Tu sais de quoi je parle, toi ?

Me sentant rougir, je me détourne et me dirige

vers un petit parterre de fleurs sauvages. J'en cueille quelques-unes.

— Je ne suis pas sûre… En fait, je me suis laissé dire qu'il m'arrive d'être un peu… bruyante.

Je pense aux différents bruits que j'ai pu faire dans ses bras. Des gémissements. Des cris. Des halètements de pur plaisir.

Je jette les fleurs dans l'herbe. Comme j'aimerais pouvoir oublier ! Mais c'est comme une malédiction qui me frappe, je me souviens au contraire de chaque instant, dans les moindres détails.

— Quand j'étais petit, mon frère Nikolaï m'emmenait ici pour pêcher, déclare Damien après un long moment. C'est un souvenir que je chéris malgré tout. Il adorait ce pont. C'était l'un de ses endroits préférés. Moi, je détestais pêcher, mais je l'accompagnais chaque fois qu'il me le demandait.

— Pourquoi ?

Il hausse les épaules.

— Je l'adorais. J'adorais mes deux frères. Je suis sûr qu'ils me considéraient comme un emmerdeur, mais ils ne m'ont jamais empêché de jouer avec eux. Ils étaient très protecteurs.

— Vous n'êtes plus très proches, maintenant ?

— Non, dit-il, et son regard se rembrunit. Je suis mieux tout seul. Les gens qui m'approchent ont une fâcheuse tendance à finir mal en point. Ou pire encore.

Je ne veux pas le réconforter, non. Je ne veux pas prendre le risque de le toucher et de voir ce qui pourrait remonter à la surface pour moi, alors que je ne suis qu'une étrangère à ses yeux. Toutefois, mon cœur l'emporte et je m'approche pour lui passer les bras autour du cou.

— Qu'est-ce que tu fais ?

— Personne n'est mieux tout seul, lui dis-je. Fais-moi confiance, j'ai une grande expérience en la matière.

Je sens bien qu'il est tendu, mais il finit par m'enlacer. Il enfouit son visage dans mon cou et me serre fort en laissant échapper un souffle tremblant qui ressemble à un sanglot. J'inspire profondément. En ce moment, cet échange me suffit.

8

Damien

Elle me prend le visage entre les mains, ses yeux scrutent les miens. Je sais ce qu'elle y cherche. Une preuve de reconnaissance. Sauf que, à part ce fragment fulgurant de souvenir tout à l'heure, cette femme est pour moi une parfaite inconnue. Une belle, une opiniâtre et exaspérante inconnue.

Elle passe le pouce le long de ma cicatrice, au-dessus de mon sourcil.

— Ça te fait mal ?

Sa voix n'a gardé aucune trace de l'arrogance de tout à l'heure. J'acquiesce.

Quand son doigt glisse avec douceur le long de mon nez, je ferme les yeux.

— Pourquoi cette blessure-là semble-t-elle plus récente que les autres ?

— Parce qu'elle n'a pas guéri correctement, lui dis-je en rouvrant les yeux pour les plonger dans les siens. Après plusieurs semaines de convalescence, j'ai eu droit à une nouvelle opération : les chirurgiens ont de nouveau brisé la cloison pour la remettre en place. J'avoue que j'ai eu du mal à les remercier pour leurs soins.

Je lui saisis le poignet pour écarter sa main mais, pour une raison quelconque, je ne peux me résoudre à la lâcher tout de suite.

— Mon nez restera tordu, mais je ne peux pas me plaindre, ils ont fait tout ce qu'ils pouvaient !

Je lui décoche mon sourire de bad boy.

— Et maintenant, j'ai le visage plein des souvenirs de tout ce que j'ai fait pour mettre ma famille en péril…

— Tu es beau, me coupe-t-elle.

Ses mots me prennent tellement au dépourvu que je ne puis cacher mon étonnement.

— Je ne vois pas tes cicatrices, moi, poursuit-elle. Je ne vois pas ton passé. Tout ce que je vois, c'est un homme qui s'est puni trop longtemps, Damien. Un homme qui a subi des pertes terribles dans sa vie avant que je le rencontre, et que ma présence fait souffrir encore une fois.

Une larme coule sur sa joue, je l'essuie du pouce. Quoi qu'il se soit passé entre nous, si tant est que quelque chose s'est passé, c'est elle qui souffre maintenant. Et je ne peux pas m'empêcher de penser que c'est ma faute : je l'ai laissée tomber.

Tout comme j'ai laissé tomber Victoria.

Et mon père et mes frères.

— Tu es toujours fâchée contre moi ?

Je lâche sa main, elle la pose sur mon torse.

— Terriblement, dit-elle sans aucune trace de

colère. Et toi, tu m'en veux de débarquer dans ta vie et de te la rendre encore plus compliquée ?

Mes mains sont sur ses hanches, dont je sens le fin relief à travers le jean.

— Terriblement.

C'est faux. J'ai beau me trouver dans un bourbier royal dont je ne sais comment me dépêtrer, je ne me soucie pas du sort de nos royaumes en cet instant. La seule chose qui m'intéresse, là, maintenant, c'est cette femme qui ne m'a pas fui à toutes jambes en poussant des hauts cris. Cette femme que je ne connais pas et qui prétend porter mon enfant.

— Juliet…

Ma bouche est sèche.

— Damien…

— Je…

Et comme je ne sais pas quoi dire, je frôle ses lèvres en un baiser à peine esquissé, pour tester sa réaction. Elle gémit. Une réponse qui me suffit amplement.

Je la soulève alors dans mes bras et elle éclate de rire.

— Qu'est-ce que tu fais ? Tu n'as pas mal à ces côtes qui n'ont pas fini de se souder ? s'écrie-t-elle.

— Je m'en fiche…

Les chevaux restent au bord de l'eau tandis que je l'emmène dans un endroit où je n'ai pas mis les pieds depuis mon adolescence. Nous nous faufilons entre les arbres d'un bosquet pour gagner une minuscule clairière dont très peu de gens connaissent l'existence.

Avant les voitures, il y a eu les chevaux. J'adorais mes frères mais, en grandissant, j'ai compris que je vivrais toujours dans leur ombre, qu'il n'y avait pas de vraie place pour moi au palais. Alors je m'enfuyais sur mon cheval et je me cachais pour qu'on ne puisse plus jamais me retrouver.

Je repose Juliet et elle se tourne pour admirer la voûte verdoyante au-dessus de nos têtes, les petites fleurs rouges qui parsèment l'herbe tendre. Je vois qu'elle apprécie la beauté de cette cachette où un garçon de quatorze ans pouvait fuir sa vie de prince… et où un homme de vingt-cinq pourrait faire la connaissance de l'inconnue qu'il a épousée.

— Damien, chuchote-t-elle. Cet endroit est magnifique… Comment l'as-tu découvert, comment es-tu arrivé jusqu'ici ?

Quand elle se retrouve face à moi, un sourire radieux illumine son visage.

— Quand j'étais ado, je cherchais toujours des endroits où j'étais sûr d'être seul. Disons que j'étais quelqu'un d'un peu… sombre, conclus-je avec une pointe d'ironie.

— Tu n'as pas tellement changé, alors, répond-elle en repoussant les cheveux de mon front.

J'accroche un doigt dans le passant de sa ceinture.

— Ma jeune épouse se moque de moi ?

Elle se mord la lèvre et j'ai un instant l'impression que je l'ai déjà vue faire ça. Je me demande ce que nous avons bien pu vivre ensemble sans que cela ne me laisse le moindre souvenir. Cette idée me met mal à l'aise et je recule d'un pas.

— On devrait y aller, maintenant.

Juliet se redresse. Je l'ai blessée.

— Pourquoi me fuis-tu comme ça, Damien ? Je suis ta femme, désormais ! Tu me prends toujours pour un espion qui travaille au service de mon pays ? Tu penses que je suis venue pour causer la ruine d'Edenvale ?

— Je n'en sais rien !

Malgré mon cri rageur, elle ne recule pas. Toujours aussi digne, toujours aussi royale. Je reprends avec plus de douceur :

— Je ne te connais pas, Juliet. Mais si ce que tu dis est vrai, je t'ai déjà déçue mille fois. Et si tu mens, c'est tout mon pays que je suis voué à décevoir. Alors dis-moi, princesse : qu'est-ce que je suis censé faire ?

Elle presse sa main sur mon cœur.

— Qu'est-ce qu'il te dit, lui ? me demande-t-elle.

— Bon sang, Juliet. Ce n'est pas aussi simple…

Ces mots ne suffisent pas à la décourager.

— Tu sais, je n'ai jamais cru que l'amour puisse exister. Pour moi, il n'y avait que le devoir. Mes parents étaient bien plus prompts à me punir qu'à me témoigner une once d'affection, et l'homme qui m'a amenée à penser que je me trompais peut-être ne se souvient même pas de moi et, en plus, il ne me fait pas confiance ! Seulement, je ne peux pas ne pas espérer. Alors réponds-moi, Damien : que te souffle ton cœur ?

Je la contemple un instant, puis l'attire vers moi pour m'allonger avec elle sur l'herbe. Ses cheveux s'étalent autour de sa tête comme une couronne sauvage, celle d'une princesse qui a failli être reine.

— Il me dit d'oublier ces histoires de confiance et de prendre ce que je veux.

— Et moi, tu me veux ? demande-t-elle dans un souffle.

Je ne peux que murmurer ma réponse tant l'émotion m'étreint :

— Oui.

— Alors, sers-toi !

Juliet

Il hésite et, pendant un instant, je crois qu'il va se relever d'un bond et s'en aller en me lançant l'un de ses fameux regards noirs. Mais non ! Ses épaules se relâchent et la tension disparaît quand il perd la bataille silencieuse à laquelle il se livrait en lui-même. Il capitule avec un juron étouffé et s'empare de ma bouche. Sa langue enlace la mienne en une caresse sans merci. Le baiser a un goût de cannelle et de café. Surtout, il a un goût délicieux, indescriptible, tellement « Damien » que mon cœur se serre et je me mets à trembler à la fois d'émotion et de plaisir.

Ses hanches me plaquent au sol et je sens entre mes jambes la force brute de son sexe dressé. Toute ma vie, j'ai été affamée de sentiments, figée comme un bloc de glace. Il fait fondre mes défenses et je ne peux rien faire. Sa chaleur est la chaleur de la vie elle-même.

Comme dotées d'une vie propre, mes mains

s'attaquent déjà à la boucle de sa ceinture. Malgré nos trois jours de passion, j'ignore tout des manœuvres d'initiation et d'approche et mes doigts s'emmêlent. Heureusement, ma détermination surmonte le manque de savoir-faire.

Dieu, que j'ai besoin de sensations ! De sentiments ! De me libérer du carcan dans lequel j'ai grandi…

— Juliet. Non !

Je m'insurge.

— Qu'est-ce qui peut arriver d'autre ? Je suis déjà enceinte !

— Je ne fais pas l'amour comme… Pas comme tu le veux.

Je lève les yeux au ciel et grince des dents, frustrée au plus haut point.

— Je déteste m'appesantir sur cette mauvaise nouvelle, mais c'est déjà fait, je rétorque. On a déjà fait l'amour ensemble. Et de façon tout à fait conventionnelle. Un nombre incalculable de fois. Dans plein de positions.

Il a le front plissé et perlé de sueur.

— Ce n'est pas que je doute de tes paroles, répond-il. Mais comme je ne me souviens pas d'avoir été en toi, c'est comme si ce n'était pas arrivé.

Mes ongles s'enfoncent dans ses épaules à ces mots. Je me révolte :

— Tu m'as déjà pris tellement de choses, tu veux aussi me prendre les quelques souvenirs heureux que j'ai ?

Derrière les arbres, l'un des chevaux hennit.

Damien cille plusieurs fois. Il a l'air désarçonné.

— Juliet... Je ne voulais pas...

— Laisse tomber, Damien. Et va te faire foutre...

J'ai lâché cette injure pour ne pas éclater en sanglots.

Une lueur s'éveille dans son regard.

— Sous tes airs policés, tu es un vrai chat sauvage, toi !

— Oui ! J'ai des griffes !

J'enfonce encore plus mes doigts à la base de son cou et il émet un petit sifflement.

— Mais si tu tiens autant à patauger dans ton malheur, alors tu n'es pas le « baron de la porte arrière ». Tu n'es qu'un gamin pleurnichard.

Ses yeux s'écarquillent.

— Personne ne me parle comme ça.

— Moi, si.

Sa réaction me prend au dépourvu : il éclate de rire.

Ce qui ne fait que me frustrer davantage.

— Qu'est-ce qu'il y a de drôle ?

Il hausse les épaules avec une nonchalance désobligeante.

— C'est génial d'avoir en face de moi quelqu'un qui me casse les bonbons, explique-t-il. En général, soit j'intimide les gens, soit je les énerve.

Je fulmine.

— Tes bonbons, je vais te les casser avec mon genou gauche si tu ne me lâches pas tout de suite. J'aimerais recouvrer ce qu'il me reste de ma dignité avant de rentrer à l'écurie.

— Pas si vite, proteste-t-il en me dévisageant. Si c'est ce que tu veux vraiment, je te laisse partir tout de suite. Mais si tu as vraiment besoin de… de soulagement… Je peux t'aider.

Mon cœur s'accélère.

— Tu me ferais l'amour ?

Une ombre traverse son regard.

— Je ne peux pas. Mais te donner du plaisir, si. Je peux apaiser quelques tensions…

J'esquisse une moue faussement dubitative.

— Ah bon ? J'écoute.

Il baisse la tête pour se retrouver à quelques centimètres de mon visage et presse son sexe là où j'en ai le plus besoin.

Je réprime un gémissement.

— Pas mal…

— Serait-ce un défi, princesse ? interroge-t-il avec un sourire malicieux qui éclaire son visage.

— Absolument.

Oh ! ses yeux me font complètement craquer ! Et ça me rend folle, de le détester de tout mon cœur tout en ayant besoin de lui comme de l'air que je respire.

Il libère son sexe du jean et c'est aussi impressionnant que dans mon souvenir. Tout aussi beau. Damien éclate de rire. Je m'aperçois que je viens de me passer la langue sur les lèvres.

— J'en étais sûr. Derrière toute petite fille sage se cache une vilaine fille qui ne demande qu'à montrer le bout de son nez, fait-il.

— Liberté pour les vilaines filles, mon prince ! dis-je en ondulant des hanches contre lui. Je veux apprendre tes plus mauvais tours.

Il a baissé mon pantalon jusqu'à mes chevilles avant que j'aie pu formuler une idée cohérente.

— C'est mignon, ça, commente-t-il en regardant ma culotte « made in Nightgardin » en coton blanc.

— S'il te plaît… J'ai besoin de… Je veux

— C'est ça que tu veux ? dit-il en fermant la main autour de son sexe.

— Ça, tu m'as dit que je ne pourrais pas l'avoir.

Il se caresse avec une lenteur délibérée en murmurant :

— Pas à l'intérieur de toi, murmure-t-il. Mais à l'extérieur… c'est autre chose.

— À l'extérieur ?

Il repousse ma culotte sur le côté.

— Oh ! Ma parole ! fait-il d'une voix rauque. Tout ce miel rien que pour moi ?

Puis il glisse le bout de son sexe entre mes plis. C'est délicieux. Il se met à jouer avec mon sexe, c'est doux, c'est excitant, c'est… presque insoutenable. Puis il dessine des cercles implacables autour de mon petit bouton hypersensible et je ne peux que gémir.

— C'est vrai que tu es bruyante, chère épouse, observe-t-il avec, dans les yeux, quelque chose comme de l'approbation.

— On me l'a déjà dit…

« *Tu* me l'as déjà dit », aurais-je dû préciser, mais je suis trop occupée par mon corps pour me soucier du mot juste. Je m'accroche à son cou comme si ma vie en dépendait.

Nos souffles s'accélèrent, il m'embrasse à pleine

bouche en même temps qu'il ouvre mon chemisier, puis le fermoir de mon soutien-gorge.

— Oh ! dit-il en s'éloignant pour me contempler. Non, je n'aurais pas pu oublier des seins si parfaits.

Il entreprend de lécher avec gourmandise un mamelon jusqu'à ce qu'il soit tout dur et tendu. Cela me fait monter au septième ciel, et il n'a utilisé que sa langue. On a beau être en plein jour, une pluie d'étoiles danse devant mes yeux. Un désir urgent, qui se fait de plus en plus pressant entre mes jambes, se répand peu à peu dans tout mon corps. Une partie de moi n'a pas oublié que tout ceci est pure folie et, pourtant, je ne veux pas y échapper. Pour le meilleur ou pour le pire, cet homme a volé mon cœur et mes vastes réserves de sens commun. Et ça dépasse en force n'importe quels vœux que l'on a pu prononcer. C'est comme si nous avions autrefois été un seul être et que je ne sais quelle malédiction des dieux nous avait séparés.

Bientôt, la sensation tant attendue arrive. Elle monte par vagues de plus en plus puissantes.

Damien titille mon clitoris avec une délicatesse extrême, ses caresses sont légères comme l'aile d'un papillon… Je me redresse pour embrasser son cou, je le lèche et savoure son goût acidulé. Avec un grognement, il frotte de nouveau son sexe contre le mien, et là, ça y est.

Enfin…

— Damien ! Oh mon Dieu, Damien !

C'est un cri. Je crie en même temps que je jouis, vite et fort, comme la flèche qu'on tire d'un carquois.

Puis, malgré toutes ces sensations, une nouvelle envie s'installe en moi, urgente, indomptable. Il s'est régalé de moi un nombre incalculable de fois. C'est mon tour de goûter.

— Qu'est-ce que tu fais ?

Je ne lui réponds pas et finis de glisser entre ses cuisses musclées, je caresse son sexe dressé du bout du nez, grisée par son odeur de musc et d'homme propre.

Je lève les yeux et souris devant son regard assombri par le désir.

— Je vais te dévorer.

C'est exactement ce que je fais. J'aspire son sexe dans ma bouche et l'avale.

Il enfonce ses mains dans mes cheveux, enroule des mèches autour de ses doigts. Je sens sa peau soyeuse contre ma langue, son relief, son goût salé, indéfinissable.

À bien des égards, je suis ce qu'on appelle une oie blanche, et pourtant je sais d'instinct ce que je dois faire pour plaire à cet homme énigmatique. J'agrippe mes mains à ses hanches et le dévisage.

À son expression, on pourrait le croire en colère. Mais je sais que c'est juste la concentration. Il bande encore plus dur, mais je ne m'arrêterai pas. Je le veux tout entier.

Jusqu'au bout.

— Tu me tues, princesse…

Il hisse ses hanches contre mes lèvres. Il est en train de… de baiser ma bouche affamée !

— Je ne sais pas si je vais survivre à ça.

Le désir dans sa voix se répercute au plus profond de mon ventre et je me déhanche en accélérant les mouvements de ma bouche. Je suis inexpérimentée dans cet art mais déterminée à mettre cet homme puissant à genoux avec mes caresses. Je me rappelle qu'il aimait que j'effleure ses bourses.

Donc je le fais.

Et je parviens à mes fins. Il se fige un instant, reprend de plus belle ses déhanchements, les yeux fermés, le visage déformé par le plaisir. Puis il jouit dans ma bouche.

— C'était aussi bon ? me demande-t-il au bout d'un long moment. Quand on était ensemble, avant, c'était déjà aussi bon ?

Lovée contre lui, je réponds en un murmure contre son cou :

— C'était mieux. Encore mieux.

9

Damien

Nous restons longtemps allongés dans l'herbe tendre. La brise qui fait bruisser les feuilles berce notre silence. Dans cette cachette si chère à mon cœur, avec Juliet blottie contre moi, la tête au creux de mon épaule, j'ai l'impression, le temps d'un instant, de savoir à quoi ressemble le bonheur.

— C'est magnifique, dit-elle enfin.

— Quoi ?

Elle est en train de tracer des cercles paresseux sur ma poitrine. Je n'en reviens toujours pas, cette femme qui devrait me mépriser me désire toujours.

— Edenvale, répond-elle.

Je ris doucement.

— C'est à peine si tu es sortie de l'enceinte du palais.

Elle me décoche une petite bourrade affectueuse.

— Je sais, mais… c'est différent de chez moi, tout simplement. C'est comme si… Comme si on pouvait respirer la liberté, ici. Comme si on était une molécule de l'atmosphère.

Elle se relève sur un coude et me contemple. Comment aurais-je pu oublier ces beaux yeux bruns ? Son teint clair enflammé par… par ce qu'on vient de faire, qui ne ressemble à rien de ce que j'ai pu connaître.

— Tu me trouves ridicule, je sais, poursuit-elle. Mais Nightgardin est différent. Aussi bien la famille royale que les citoyens.

Je songe à son hypothèse, selon laquelle c'est la Garde noire qui m'a battu aussi sauvagement. Admettons que ce soit vrai, pourquoi alors m'avoir ensuite emmené à Edenvale et déposé près d'un hôpital, au lieu de me laisser mourir pour de bon, puisque personne n'en aurait jamais rien su ? J'aurais fait la une des journaux, oui. Et alors ? Un scandale de plus que ma famille aurait eu à endurer par ma faute. Le dernier. Si le gouvernement de Nightgardin est à l'origine de tout cela, il a certainement un plan précis dont je ne suis qu'un pion.

— Tu penses vraiment que ce sont vos hommes qui ont failli me tuer ?

Sa respiration s'arrête un instant, puis elle pousse un long soupir.

— Si c'est le cas, je ne me le pardonnerai jamais.

Je lui caresse les cheveux et elle tourne la tête pour déposer un baiser dans ma paume.

— Juliet… Je… Je n'arrive pas à comprendre que tu veuilles encore de moi, après tout ce qui s'est passé…

Elle embrasse la cicatrice au-dessus de mon œil, celle que j'ai sur le côté de mon visage. Puis elle effleure avec délicatesse l'arête de mon nez.

— Parce que je sais que, toi, tu es toujours là, dit-elle. Je sais que l'homme avec qui j'ai vécu ces trois jours magiques saura trouver le chemin du retour.

— Qui est cet homme, Juliet ?

Elle sourit doucement.

— Un homme dont le premier élan a été de prendre soin de moi, dès qu'il m'a vue. Un homme qui a pensé d'abord à moi, et qui m'a laissé le temps de choisir.

Ses lèvres dessinent la ligne de mon menton.

— Un homme qui m'a dit qu'il reviendrait me chercher au moment où mes propres gardes m'arrachaient à lui. Et je suis intimement persuadée que tu l'aurais fait, si tu avais été en état.

Je ne demande qu'à la croire…

— Franchement, j'ai du mal à reconnaître cet homme dont tu parles, même avant ce qui m'est arrivé. Et s'il était parti pour de bon ? Si je ne pouvais jamais redevenir celui dont tu te souviens ? Le genre d'intimité que tu affirmes que nous avons partagée, je ne l'ai vécue qu'avec une seule personne, et tu sais comment s'est terminée cette histoire-là… Je ne suis pas un preux chevalier qui vaincra le méchant dragon, non.

Elle se rembrunit. Je suis en train de détruire son rêve, mais je le dois. Elle a des sentiments pour une version de moi qui n'existe pas.

— Juliet, c'est *moi* le méchant dragon, tu ne le vois pas ? C'est *moi*, le danger. Tu t'entêtes à croire que je pourrais devenir quelqu'un d'autre, mais c'est stupide. Stupide et très risqué.

Je l'écarte de moi pour remonter mon pantalon et me relève.

— Nous devrions y aller.

Elle remet de l'ordre dans ses vêtements et dans ses cheveux et, en quelques secondes, elle redevient une princesse parfaite. Elle me regarde droit dans les yeux.

— J'aimerais savoir quand tu cesseras de te punir.

Je pousse un soupir.

— Je crains d'être assigné à vie à ce purgatoire.

Je me retourne pour partir, mais elle me retient avec une fermeté presque rageuse.

— Tu aimes les défis, Damien Lorentz, prince d'Edenvale et futur roi de Nightgardin, n'est-ce pas ?

Je lâche un rire bref.

— J'ai épousé la future reine du royaume ennemi, alors qu'un commando de police secrète a tout fait pour nous séparer et m'a presque tué. On ne peut que qualifier ça de téméraire, non ? Ou de suicidaire, même.

— Réponds-moi, mon époux ! Tu aimes les défis, oui ou non ?

Son regard fier me dit qu'elle fera une reine magnifique — du moins, si ses gardes ne nous coupent pas la tête à tous les deux avant…

— Oui, dis-je.

Elle connaît bien cet aspect de ma personnalité, apparemment. Elle tire les pans de ma veste en cuir.

— Alors, voilà mon défi : tu vas me permettre de te montrer que tu as un grand cœur, un cœur bon. Et que tu mérites un meilleur sort que celui auquel tu t'es résigné.

J'esquisse une moue sceptique.

— Et je dois faire quoi, de mon côté ?

— Tu dois me croire quand je t'affirme que cet enfant est le tien et jurer de le protéger au péril de ta vie s'il le faut, répond-elle d'un ton calme. Je vous prouverai, à toi et ta famille, que le protéger était la seule intention qui m'animait en venant ici. Je sais que tu te méfies de moi et que c'est de là aussi que vient ta retenue.

Je lui saisis les mains.

— Ne le prends pas personnellement, princesse. Je ne fais confiance à personne.

Elle lève les yeux au ciel.

— Alors c'est d'accord, Altesse ? demande-t-elle en libérant ses mains pour me les passer autour de la taille. Parce que je connais une façon parfaite de sceller notre contrat.

Elle est d'une détermination sans faille et… j'aimerais tellement qu'elle ait raison. À propos de moi. À propos de nos chances. À propos de tout.

— Je protégerai cet enfant, je le promets, dis-je. Et même si je doute que tu parviennes à me faire changer d'avis sur moi-même, je suis vraiment curieux de voir comme tu t'y prendras. Ça me permettra de penser à autre chose qu'à ce trou de trois jours dans ma mémoire, ces souvenirs que j'ai perdus et que je n'arrive pas à retrouver malgré tous mes efforts.

— Ou peut-être que ça aidera, suggère-t-elle, ses yeux rivés aux miens.

Elle est si fervente, si confiante… Je fonds.

— Tu n'abandonnes jamais, n'est-ce pas ?

Elle secoue la tête. Puis elle se hisse sur la pointe de ses bottes cavalières et m'embrasse. Le besoin impérieux et insatiable de tout à l'heure nous a quittés, mais quelque chose de nouveau le remplace. Même la brise qui souffle semble différente autour de nous.

Juliet s'écarte, et le charme se brise.

— On devrait aller chercher les chevaux, dit-elle.

Puis elle enlace ses doigts aux miens pour sortir de la clairière.

Elle vient de se hisser sur Puddine quand le premier flash m'aveugle. Le cheval se cabre presque à la verticale.

— Ho ! crie Juliet, alors que je suis encore ébloui. Du calme, bonhomme. Voilà… C'est ça !

Quand ma vision s'éclaircit, Juliet a déjà calmé le cheval, et je découvre le coupable. Le photographe venu pour la fichue séance photo. Je bondis sur lui, prêt à lui faire avaler son appareil.

— Damien ! s'écrie Juliet. Non !

L'alarme dans sa voix m'arrête.

— Ce n'est pas le message que nous voulons transmettre, dit-elle doucement. Ni à Edenvale ni à

Nightgardin. Si tu fais quelque chose de regrettable et que la nouvelle se répand…

Je regarde l'appareil que j'ai arraché au gars. Du matériel de pro, sophistiqué, qui a dû coûter une petite fortune. Son propriétaire semble paniqué. De fait, il tremble.

— Ça ne se fait pas, de prendre les gens au dépourvu comme ça ! Surtout quand il y a des animaux de cette taille, dont la réaction est toujours imprévisible.

Il hoche la tête, aussi honteux que soulagé quand je lui rends l'appareil.

— Deux photos, et sans flash ! j'ajoute. Vous avez failli tuer ma femme.

J'enfourche ma propre monture et me mets à côté de Juliet. Elle a le feu aux joues, les yeux brillants.

— C'est officiel, à partir de maintenant, Votre Altesse ? demande le reporter.

— Oui, écris ce que tu veux sur la princesse et moi, lui dis-je avec un hochement de tête.

Les rênes dans une main, je caresse le visage de Juliet de l'autre. Je lui parle tout bas :

— Tu aimes, quand je t'appelle ma femme ?

— J'aime te voir bondir comme un lion pour me protéger, murmure-t-elle avec un sourire.

Je voudrais lui dire que je ne suis pas comme ça. Mais au lieu de cela, je me tourne vers le photographe avec un clin d'œil.

— Tenez, pour votre photo de couverture !

Et avec fougue, j'embrasse cette femme inconnue que j'ai épousée. Je la sens frémir à mon contact.

Si le monde entier a envie de braquer ses yeux sur nous, autant offrir un spectacle qui en vaille le coup.

Juliet

J'arrive dans la salle à manger royale à 19 heures. Nikolaï m'a fait parvenir un message peu après mon retour de promenade avec Damien, en me demandant de me joindre à la famille Lorentz à ce moment-là. Je vais leur soumettre la nouvelle idée qui me tient à cœur : un programme de thérapie équine pour les enfants démunis d'Edenvale. Toutefois, le ton un peu brusque du message me laisse penser qu'on ne m'en donnera peut-être pas l'occasion.

J'espérais encore qu'il s'agirait d'un simple repas de famille, mais mon espoir s'éteint quand je les découvre tous assis autour de la longue table en acajou. Je prends place sans me départir de mon sourire courtois.

Je suis la dernière arrivée.

Le roi s'est absenté pour aller assister à un sommet des Nations unies, c'est donc Nikolaï qui préside le repas. Il dévisage mon mari avec un regard noir.

— Bonsoir, tout le monde, je murmure en dépliant ma serviette sur ma robe fourreau beige.

Kate et Evangeline se sont bien activées en mon absence, parce que mes placards sont à présent remplis d'une impressionnante collection de tenues, aussi élégantes que discrètes et provenant des plus grandes maisons de couture européennes. J'aurais voulu les remercier, mais Nikolaï m'en empêche avec une phrase qui claque comme un fouet.

— *Bon*-soir n'est peut-être pas le mot, rétorque-t-il.

Damien frappe d'une main sur la table, et un tintement de couverts et des verres en cristal accompagne ses paroles.

— Je ne te le dirai qu'une fois, frère ! rugit-il. Passe ta colère sur moi, pas sur ma femme.

Je ne peux cacher ma surprise. Ni, je le crains, mon plaisir. Je suis touchée qu'il prenne ma défense et endosse la responsabilité du faux pas que j'ai dû faire.

— Que se passe-t-il ? je demande.

— Comment pensez-vous que Nightgardin va réagir à *ça* ? s'insurge Nikolaï en brandissant une tablette. À la une de ce soir : « Scandale royal : le prince banni d'Edenvale corrompt l'héritière de Nightgardin ».

Il nous foudroie du regard, sa bouche pincée forme une fine ligne.

— C'est ce torchon, le *Rosegate Tattler*. Comment avez-vous pu être assez stupides pour vous offrir en pâture à ce tabloïd ?

— Attends, dit Damien. Ce n'était pas un journaliste d'Edenvale ? Juliet m'a dit que vous vouliez montrer à la presse qu'Edenvale et Nightgardin formaient un front uni !

Et il se tourne vers moi avec une expression de méfiance que je ne lui connais que trop bien.

— Je n'ai pas menti, dis-je fermement. C'est X qui me l'a dit.

— Non, lâche Nikolaï. Ce n'est pas un journaliste d'Evendale. J'aurais imaginé que vous sauriez faire la différence entre un journaliste du palais et un paparazzi de Rosegate.

Je déglutis, non sans mal, avant de répondre :

— Nous étions… distraits. Nous n'avons pas pensé à vérifier ses accréditations.

Mes joues s'enflamment quand je repense au sexe de Damien entre mes jambes, à sa bouche sur mes seins. Je serre les genoux sous la table.

— Regardez-moi ces photos !

Nikolaï me fait passer la tablette. Nous voilà, immortalisés dans un baiser passionné sur nos chevaux respectifs.

— Le sacrement du mariage vous va comme un gant à tous les deux ! plaisante Benedict.

— Ne commence pas, toi ! lui rétorque Nikolaï en pointant l'index vers lui.

— Chéri, intervient Kate, la main sur le bras de son mari.

Je lève les mains pour apaiser tout le monde, ou en signe de reddition, je ne sais pas, et je déclare :

— Je suis désolée. Nous avons commis une erreur, certes. Mais nous pensions bien faire. Pour nous, il s'agissait de nous plier à ce que vous nous aviez demandé. Ce n'est pas parce qu'un photographe de Rosegate a devancé les vôtres que mon mari et moi devons être tenus pour responsables de cette version ordurière de la réalité.

Je prends une inspiration pour éviter que ma

voix ne monte dans les aigus, mais je ne cherche pas à adoucir mon courroux :

— Et qui êtes-vous pour nous juger, prince Nikolaï ? Je vivais comme une recluse à Nightgardin et pourtant j'étais au courant de vos frasques de play-boy. Vous vouliez un front uni, et c'est exactement ce que nous avons montré, peu importe ce que raconte l'article.

Un long silence suit mes paroles.

— Elle a raison, murmure finalement Kate, dont les joues sont aussi rouges que sa chevelure flamboyante. Tu n'es pas le mieux placé pour leur jeter la pierre.

— Laissez Rosegate raconter ses horreurs, grogne Damien en se levant pour venir à mes côtés et prendre ma main. Je défendrai mon honneur et celui des miens.

— C'est très louable, mon frère, mais permets-moi de te rappeler dans quel état tu te trouvais après ta dernière rencontre avec la Garde noire de Nightgardin.

Le rire de Damien retentit comme un aboiement sec.

— On dirait presque que tu t'inquiètes pour moi !

— Effectivement, admet Nikolaï, visiblement à contrecœur. Tu finiras par me rendre fou, mais tu seras toujours mon frère, quoi qu'il arrive.

— Père m'a banni du pays mais, toi, tu m'as renié, répond Damien d'une voix étranglée. Benedict et toi, vous m'avez renié tous les deux.

Nikolaï se passe nerveusement une main dans les cheveux.

— Dans les jours qui ont suivi la mort de Victoria, je n'étais pas tout à fait moi-même.

— Cela a été une période difficile et déroutante pour toute la famille, ajoute Benedict avec calme. Je ne suis pas fier de mon comportement et, depuis, j'ai essayé de me racheter.

— Difficile et déroutante ? Voilà une façon très diplomatique de dire que j'ai tué la fiancée de mon frère.

— La vie est faite d'heures sombres, intervient Evangeline. On ne peut rien contre cela, mais on peut décider de la façon dont on affronte ces ténèbres. Et, si j'en crois mon expérience, on ne peut vaincre les ombres qu'avec de la lumière.

— Bien dit, mon ange ! commente Benedict en posant sa main sur celle de sa femme.

Un téléphone se met à sonner. C'est celui de Nikolaï. Il répond.

— Oui ? Très bien. Bien. Tout de suite.

Quand il raccroche, il se tourne vers moi.

— X veut vous débriefer. Il a réussi à intercepter des échanges de la Garde noire. Apparemment, ils ont prévu de se venger de l'affront imaginaire de cet après-midi.

Je frémis à l'idée d'avoir pu mettre en danger la vie de ceux qui sont à présent ma famille.

— Que pensent-ils faire ? je demande d'une voix étranglée.

— Il s'agit de Nightgardin, répond Nikolaï avec

un haussement d'épaules. X espérait que tu saurais nous le dire.

— Mais… Je ne sais rien de la Garde noire.

Il me prend toujours pour une espionne ? Est-ce que je vais devoir vivre à jamais sous le poids de la méfiance et de la suspicion ?

— Vous en savez peut-être plus que vous ne le croyez, annonce X, qui apparaît par une porte dissimulée dans les lambris. Vous avez peut-être vu des choses. Entendu des propos.

— Si tu comptes emmener ma femme pour l'interroger, je viens aussi, annonce Damien d'un ton sans réplique.

— Je m'y attendais, répond posément X. J'ai tout organisé en conséquence.

Cet homme est une énigme. Toujours aussi calme. Je me demande ce qui pourrait lui faire perdre son sang-froid.

— Organisé ? Mais quoi ?

— L'Eurocopter nous attend sur l'héliport du toit.

J'essaie de ne pas m'affoler, mais je veux savoir.

— Où nous emmenez-vous ?

Un petit froncement de sourcils vient à peine modifier les traits de X.

— Je ne peux pas vous le dire. Pas ici.

— Mais nous sommes en famille ! proteste Damien. Vous ne pensez tout de même pas qu'Evangeline ou Benedict sont des agents de Nightgardin !

— Non, fait X d'un ton respectueux. Mais les murs ont peut-être des oreilles. Nous ne savons pas si le palais n'a pas été infiltré. Nous avons décelé quelques brèches dans la sécurité, et j'aime autant pécher par excès de prudence que le contraire.

Je pose une main sur mon ventre. Quelque part au fond de lui, il y a une petite étincelle de vie. L'espoir d'un avenir meilleur. Un mélange de ce qu'il y a de mieux chez Damien et chez moi. C'est un miracle. Et je dois veiller à sa sécurité à tout prix.

— Alors allons-y, dis-je.

Toujours aussi prévenante, Kate a déjà fait préparer un panier de petits pains et de fromages pour nous.

— N'oublie pas de manger quelque chose, me dit-elle en me le tendant. Ces petits pains sont encore tout chauds.

— Merci.

Je n'ajoute pas que, avec tout ce stress, je ne pourrais pas en avaler une miette. Bien que l'odeur soit alléchante ! Elle me met du baume au cœur.

X fait un pas sur le côté et désigne la porte cachée.

— Je vous en prie, Votre Altesse.

— Après toi ! dit Damien en posant la main dans mon dos.

Son contact me donne confiance, notre désir mutuel est indéniable, il y a plus d'alchimie entre nous que dans le laboratoire d'un sorcier. Mais est-ce suffisant pour faire face aux difficultés qui nous attendent ? Nous sommes tous les deux des êtres brisés, et nous pourrions finir par nous faire du mal, même sans le vouloir. Mais je dois garder la foi.

Et c'est pour cela que je franchis d'un pas décidé la porte mystérieuse.

Je ne sais pas au juste ce à quoi je m'attendais. À

une ambiance de donjon, peut-être, à des pierres couvertes de mousse, à un bruit d'eau qui ruisselle au loin. Je me trouve dans un ascenseur ultramoderne. Il n'y a même pas de boutons, juste un écran noir.

— Comment ça fonctionne ?

— Activation des empreintes digitales, me répond X en plaquant sa grande main sur l'écran.

Une voix synthétique mais féminine répond.

— Quel étage ?

— Le toit.

Les portes se ferment, l'ascension commence. Damien glisse ses bras autour de moi.

— Il ne t'arrivera rien de mal, assure-t-il. Je compte tenir parole, je te protégerai.

J'aimerais pouvoir croire qu'il est mû par l'amour, mais je sais bien qu'il ne fait que son devoir.

— Quoi qu'il arrive, jure de protéger notre enfant !

C'est comme ça depuis que j'ai su que j'étais enceinte. J'ai des élans protecteurs de maman ourse. Peu importe quels dangers nous menacent, cet enfant doit en sortir indemne.

— Au péril de ma vie ! grince Damien.

— Oui. Les choses se sont corsées vite, murmure X quand les portes de l'ascenseur s'ouvrent sur le toit du palais. Espérons qu'on n'en arrive pas là.

10

Damien

J'ai chevauché des montures encore indomptées et conduit les bolides les plus rapides, mais rien n'est comparable à ce que j'éprouve quand X me cède le manche et que je me retrouve aux commandes de l'hélicoptère.

J'ai obtenu mon brevet de pilote il y a quelques années, mais la compétition me prenait tout mon temps et je n'ai jamais piloté d'engin comme celui-ci.

— Nikolaï n'approuverait pas, dis-je sans pouvoir cacher ma satisfaction.

X se contente de hausser un sourcil.

Juliet, assise derrière moi, pose une main sur mon épaule et, d'instinct, je la recouvre avec la mienne. Une étrange sensation me traverse. Ce n'est pas tout à fait un souvenir — plutôt le souvenir d'un sentiment, le sentiment que son contact m'est aussi naturel que l'air que je respire.

Je sais pourtant que c'est du pur fantasme, parce que je voudrais y croire, alors que je ne crois pas une seconde que nous ayons pu construire une relation aussi authentique en seulement quelques jours.

Je ne fais pas dans l'authentique, moi.

Je ne mérite pas l'authentique.

Et je ne fais certainement pas confiance aux autres. Cela m'est arrivé une fois, on ne m'y reprendra plus.

Je me tourne à peine pour demander à ma femme :

— Tu es déjà montée en hélicoptère ?

— Non, soupire-t-elle. Je n'ai jamais été autorisée à quitter Nightgardin. Quand le roi et la reine étaient en train de sélectionner mon futur prétendant, l'une de leurs exigences était que chaque candidat se présente à la cour. Il n'a jamais été question que je leur rende visite, moi. Il n'aurait pas été approprié qu'on me voie en public.

Elle raconte tout cela comme on raconte un film vu la veille, alors que je bous de colère en prenant conscience qu'on l'a poussée à croire qu'elle n'était qu'un pion au service de sa monarchie. J'imagine que, si elle avait été un prince, on l'aurait élevée pour en faire un roi impitoyable. Mais elle est née femme et ses parents l'ont dépouillée de toute valeur individuelle.

— S'ils lèvent ne serait-ce que le petit doigt sur toi, je les tuerai, lui dis-je. Le roi et la reine, je veux dire.

Elle retire sa main sans rien dire.

— Puis-je reprendre les manettes, Votre Altesse ? demande X. On va atterrir, et je suis le seul à connaître les coordonnées exactes.

À nos pieds s'étend une toute petite vallée nichée entre trois montagnes que je ne crois pas avoir vues sur une carte. À mesure que l'on descend, je remarque que leur flanc est étrangement lisse, comme si elles avaient été sculptées par la main de l'homme et non pas par des siècles d'érosion et d'intempéries.

— Où sommes-nous, X ?

Juliet se penche en avant, les yeux grands ouverts. Nous sommes sur le point d'atterrir. Je ressens soudain une forte pression dans les oreilles et j'ai le ventre en vrac. Je regarde les instruments du tableau de bord.

— Nous sommes sous le niveau de la mer, X. Où est-ce qu'on va ?

X sourit, ce qui lui arrive très rarement.

— Dans l'endroit le plus sûr du royaume.

Je ricane.

— La salle de crise du palais est…

— Non, coupe-t-il. La salle de crise est l'endroit le plus sûr dont les citoyens ont connaissance. Personne ne sait où nous sommes. Aucun de vos frères, et pas même Sa Majesté le roi.

Lorsque nous atterrissons enfin, nous sommes dans une sorte de hangar à ciel ouvert. Mais quelque chose glisse, comme une grande trappe coulissante, et occulte les étoiles.

— Bienvenue, dit X. Je me suis toujours demandé lequel des princes viendrait ici le premier, mais quelque part au fond de moi, je savais que ce serait vous, prince Damien.

Je secoue la tête avec un soupir.

— Assez joué aux devinettes, X. Dis-moi ce qui se passe.

Il se retourne pour que Juliet puisse le voir aussi.

— Vous êtes la clé, Votre Altesse. La clé pour sauver la famille royale et le pays.

Après avoir traversé un labyrinthe de tunnels et aperçu des dizaines de portes que X ne nous fait pas franchir, nous nous arrêtons enfin devant l'une d'elles, qui ressemble, comme les autres, à celle d'une cellule de prison. X sort une clé et l'ouvre. L'intérieur n'a rien à voir avec une prison : des rangées de bureaux, des ordinateurs sortis d'un film de science-fiction et un gobelet de café à emporter marqué d'une empreinte de rouge à lèvres. Mais pas de buveuse de café en vue.

X soupire.

— Toujours insaisissable ! dit-il dans sa barbe.

— De quoi parles-tu ?

— Quoi ? fait-il. Oh ! pardon. J'ai parlé à voix haute… Mauvais signe, il faut que je me surveille…

Il parcourt d'un pas vif les rangées de moniteurs en balayant les écrans du regard et en s'arrêtant parfois pour presser des touches. Juliet contemple ce qui nous entoure avec des yeux élargis par la surprise. Je comprends qu'elle soit déconcertée, je le suis moi-même, et cela ne m'arrive pas souvent.

— X, dis-je avec lenteur. Qui es-tu exactement ?

Juliet accroche son bras au mien.

— Damien ? Cet homme vit au palais, il sait tout ce qui s'y passe, et toi, tu ignores qui il est ?

Je ne peux que rire.

— Exprimé comme ça, ça a l'air suspect, en effet. Mais X fait partie des meubles depuis que je suis né. Il paraît que c'est à lui que nous devons la survie de notre royaume. C'est du moins ce que j'ai entendu dire au sujet des machinations de notre marâtre Adèle, et aussi d'une organisation secrète de Nightgardin qui voulait se servir d'Evangeline pour prendre possession d'une certaine carte ancienne dont j'ignore tout. Ce qui ne veut pas dire que je sais vraiment comment et pourquoi X est le responsable de notre sécurité. Je sais en revanche qu'on ne pourrait être entre de meilleures mains.

Je suis sincère et convaincu. Il y a peu de choses dont je sois certain, celle-là en fait partie.

— Cela dit, mon cher X… Tu pourrais peut-être nous donner quelques indices ? je reprends. Histoire de rassurer la princesse ?

X se retourne vers nous, resserre sa cravate, tire sur les poignets de sa chemise.

— C'est le décès de ta mère qui est à l'origine de ma nomination au palais. Mais je ne travaille pas pour le gouvernement d'Edenvale.

Je hausse les épaules.

— Évidemment. Tu travailles pour nous, pour la sécurité de la famille royale, à titre privé.

X secoue la tête.

— C'est le rôle que je joue, oui. C'est ce que ton père et tes frères croient. Mais ce n'est pas la vérité. Du moins, pas toute la vérité.

Une petite dague tombe de sa manche dans sa main.

Juliet pousse un cri et, sans même y réfléchir, je passe devant elle pour la protéger.

X lève la main, il vise ma tête.

La lame traverse l'espace et passe si près de mon oreille que je sens l'air se déplacer. Mais elle ne me touche pas et va se ficher dans le mur derrière nous.

Juliet et moi nous en approchons, regardons. Sidérant. La pointe de la dague y a épinglé une mouche.

— Bon sang, X. Tu as quelque chose contre les mouches ?

Il s'approche pour vérifier la précision de son lancer.

— Pas du tout, répond-il. Mais ce n'est pas une mouche ordinaire. Elle s'est échappée du labo, ce qui veut dire que quelqu'un a négligé de fermer correctement la chambre de haute biosécurité. Tu risquais de rester paralysé quelques heures par le jus du pavot d'Auvergnate. C'est très pratique pour neutraliser un ennemi, mais les effets secondaires sont… Bref, je ne crois pas que vous soyez prête pour une telle expérience, princesse.

Juliet laisse échapper un petit rire nerveux

— Le pavot d'Auvergnate ? dit-elle. Paralysé ? Des mouches ? Vous parlez comme si vous étiez un espion international.

X sourit d'un air entendu et me regarde.

— Puisqu'on en parle… Juliet, si vous me dites ce que je dois savoir sur la Garde noire, Nightgardin, je dirai à votre mari la vérité sur la mort de sa mère.

Mon sang ne fait qu'un tour. Sans savoir comment,

j'ai attrapé les revers de la veste de X, mais il retourne la situation en une fraction de seconde et c'est moi qui me retrouve plaqué contre le mur, tout près de la lame qui épingle la mouche venimeuse.

— Allez-y, princesse ! dit-il tout doucement. Prouvez votre loyauté à votre mari. Vous pouvez lui dévoiler le mystère de sa naissance.

— Je ne sais rien sur la Garde noire. Mère ne m'a jamais permis d'assister à ses réunions avec eux.

— Pas une seule fois ? s'enquiert X en me dévisageant avec une drôle d'expression.

Je secoue la tête.

— Jamais.

— Merde, on dirait qu'elle avait raison, murmure X dans sa barbe.

Il se tape la cuisse du poing.

— Merde, merde et merde ! Je déteste ça.

— Qui ? je demande, déconcerté. Qui avait raison ?

Son regard redevient opaque, ses yeux se ferment.

— Bon, ce n'est pas le moment de révéler cette pièce du puzzle, répond-il. Mais je crois qu'il faut que vous vous asseyiez.

Damien tire une chaise pour moi et nous échangeons un regard troublé. Je demande :

— C'est une mauvaise nouvelle, n'est-ce pas ?

X nous tourne le dos à présent. Quel étrange personnage, si impénétrable ! Comment vit-on avec tous ces secrets dans la tête et sur le cœur ? Est-ce qu'il y a une seule personne à qui il fait confiance ? Je devrais plutôt me demander si, moi, je peux *lui* faire confiance. Mais Damien a toute confiance en lui, tout comme ses frères, et c'est une garantie qui me suffit.

— Selon la section XII, article 9, paragraphe 7 des Conventions de Nightgardin du pouvoir royal, l'héritier du trône doit commencer à rencontrer la Garde noire à l'âge adulte, c'est-à-dire à dix-huit ans.

— Mais… il n'y a que onze sections aux Conventions ! Je ne le sais que trop bien, j'ai dû apprendre par cœur chaque virgule de ce traitement géant contre l'insomnie.

X secoue la tête.

— Il y en a douze, Votre Altesse. Mais il semble que certains soient décidés à vous priver des moyens d'accomplir pleinement votre devoir le moment venu.

Quand je comprends de qui il veut parler, j'ai du mal à respirer.

— Ma mère ? Mon père ?

X se retourne avec un petit signe de tête.

— Je le crains.

— Mais… ça n'a aucun sens. Pourquoi me cacherait-on quoi que ce soit, alors que je suis la future reine de Nightgardin ?

Le visage de Damien est grave, sa voix aussi :

— Peut-être… Peut-être qu'ils n'ont jamais eu l'intention de vous laisser régner.

— Mais je suis leur seul enfant ! L'héritière ! La prochaine sur la file d'attente. La seule, pratiquement, à part un cousin éloigné ! Vous ne pouvez pas comprendre !

Je parle de plus en plus vite.

— J'ai été élevée d'une manière très stricte et mes parents ont probablement voulu me tenir à l'écart de la Garde noire pour me protéger. Pour m'épargner les lourds fardeaux de la couronne.

En fait, j'ai du mal à croire moi-même ce que je dis. Je songe au manque d'affection dont ils ont fait preuve à mon égard, aux menaces que j'ai subies si jamais je parlais *à qui que ce soit* de mon week-end *libertin* avec Damien.

— Peut-être, fait X en se frottant le menton qu'une barbe naissante bleuit. Mais peut-être pas. Aujourd'hui plus que jamais, il est d'une importance vitale pour votre sécurité et celle de votre enfant à naître de trouver le moindre indice qui puisse nous aider. Vous n'avez pas souvenir de moments qui vous ont paru troubles ? D'événements que vous n'avez pas compris ?

Les larmes me brûlent les yeux.

— Je ne vous cache rien. Je le jure sur ma vie.

— Je vous crois. Mais pour le milieu étrange et secret dans lequel j'évolue, dont vous n'avez vu que la pointe de l'iceberg, cela pourrait signifier beaucoup. Nightgardin est le pays le plus hermétique d'Europe, la seule puissance qui cherche sciemment l'isolement sur la scène internationale. Et il est incroyablement difficile de l'infiltrer.

Je les supplie du regard, lui, X, mais surtout Damien ; il faut qu'ils me croient.

— Je suis consciente d'avoir reçu une éducation qui ne correspond pas aux défis que présente le XXIe siècle. J'étais cloîtrée dans le palais. Dès la puberté, on m'a éloignée des enfants de mon âge. Je n'avais même pas le droit de garder la même camérière plus d'un mois. Maman disait que c'était pour m'empêcher, je cite, « d'accorder un traitement préférentiel à des subordonnés », mais je pense maintenant que le but était d'éviter que je noue des liens.

— Pourquoi ? demande Damien. Dans quel but infliger quelque chose d'aussi sadique à un enfant ?

— C'est en effet radical, murmure X. Nightgardin est connu pour ses vues conservatrices, mais cette règle d'isolement dépasse tout ce dont j'ai entendu parler.

— Attendez !

Un détail me revient, un souvenir qui pourrait avoir sa signification.

— Il y a une chose qui n'a jamais eu de sens pour moi. Plusieurs fois par an, Mère et Père reçoivent la visite d'un médecin. Ce n'est pas le chirurgien royal. Ce n'est même pas un citoyen de Nightgardin. Une fois, je les ai écoutés parler et j'ai compris que c'était un Américain. Il venait de Los Angeles. Il a administré des injections à mes parents, au visage. J'ai tout vu par l'entrebâillement de la porte. Je n'ai rien compris à ce qui se passait, je peux juste dire qu'ils semblaient satisfaits après…

— Du Botox ? demande Damien en se tournant vers X.

— Ou des cellules souches. Cela a-t-il changé leur apparence ?

Je secoue la tête.

— Pas de vrai changement, mais ils avaient tous

les deux l'air… plus jeunes après. Tout le monde les complimentait toujours pour leur jeunesse qui avait l'air éternelle.

X se redresse comme un chien de chasse.

— Pardon. Vous avez dit, princesse ? Répétez, je vous en prie.

Je cligne des yeux, confuse.

— Jeunesse éternelle ?

— Oui ! Oui, bien sûr ! s'exclame-t-il en se frappant encore la cuisse, et je songe qu'elle doit être couverte de bleus. Bon sang, on est enfin sur la bonne voie !

Puis sur ce, il quitte la pièce sans même un hochement de tête.

— Une piste ? je demande quand la porte se referme derrière lui. De quoi parle-t-il ?

— Aucune idée, murmure Damien.

Nous sommes assis dans un silence stupéfait. Nous allons avoir besoin d'un certain temps pour digérer tout ce que nous avons appris depuis que nous sommes montés dans l'hélicoptère.

— Je me sens comme Alice après qu'elle a traversé le miroir, je chuchote.

— Je suppose que cela fait de moi le chapelier fou ? répond-il avec un sourire amer. Je tiens à te dire que je suis vraiment désolé pour tes parents. Ce genre de personnes ne devraient pas être autorisées à se reproduire.

— J'ai toujours pensé que le problème venait de moi. Que je n'étais pas « aimable », pas digne de leur amour.

— Toi ? C'est la chose la plus absurde que j'aie jamais entendue !

— Encore plus absurde qu'un bunker secret dans une vallée artificielle remplie d'équipements de surveillance ultramodernes ?

— Touché.

Malgré les circonstances, c'est toujours un plaisir de le voir sourire.

— Et moi, je tiens à te dire que je ne regrette pas un instant de t'avoir rencontré. J'ai vécu plus de choses depuis que je te connais que dans toute ma vie d'avant.

Je me lève pour m'agenouiller devant sa chaise. Il se raidit, comme s'il voulait me mettre à distance, mais je l'en empêche en posant la main sur son cœur.

— Laisse-moi entrer, je chuchote. Laisse-moi trouver un moyen de te retrouver.

Il saisit mon poignet.

— Juliet…

L'air est chargé de la lourdeur de tout ce que nous n'osons pas dire. Il se penche alors et m'embrasse avec une intensité rageuse. Puis, sans me laisser savourer ce baiser, il descend vers mon cou et ses lèvres s'attardent sur ce point si sensible, au creux de mon épaule… C'est délicieux.

— Mais qu'est-ce que tu me fais ? gémit-il en léchant langoureusement ma peau.

— La même chose que toi tu me fais à moi.

J'ai beau avoir peine à respirer, ma réponse est assurée.

— Tu trembles quand je fais ça.

Il ne pose pas la question. Il est toujours aussi arrogant. Il sait qu'il me rend folle.

— Et je sais que ça te fait de l'effet ailleurs. Entre les jambes. Ta petite chatte tremble, je le sais.

La porte s'ouvre et je me redresse comme l'éclair en lissant mes cheveux, même si le rouge de mes joues risque de me trahir.

À ma grande surprise, ce n'est pas X qui entre, mais une jeune femme. Elle est à peine plus âgée que moi et porte les cheveux en un chignon serré, aussi austère que sa combinaison noire.

— Je vais vous conduire dans un endroit plus confortable, annonce-t-elle d'un ton sec.

Elle a l'accent de Rosegate.

— Sur ordre de qui ? demande Damien.

Je ne sais pas s'il est prudent ou arrogant, je sais juste qu'il a un énorme renflement au niveau de la braguette.

J'en ai l'eau à la bouche. J'ai tellement envie de lui que c'est à peine si j'arrive à suivre la conversation.

— X, Votre Altesse. Ici, à la Cave, c'est lui qui commande.

— La Cave ?

— C'est le nom de notre quartier général ici.

— Vous ne vous êtes pas foulés pour trouver le nom, ironise Damien.

Elle semble imperméable à son charme.

— Suivez-moi. Il ne tardera pas.

11

Damien

Je passe en revue la chambre dans laquelle nous nous trouvons. Comparée à la salle de contrôle que nous venons de quitter, c'est relativement confortable, mais ces deux petits lits jumeaux, avec leur cadre métallique, et la simple commode en bois sont loin d'être luxueux. Très loin.

— C'est *ici* qu'on va dormir ? demande Juliet sans se donner la peine de cacher son dégoût.

— On dirait.

On dirait aussi que ni elle ni moi ne voulons savoir combien de temps nous allons devoir rester là.

On frappe à la porte d'acier, qui s'ouvre avant que j'aie pu dire « entrez ! ».

C'est X. Il est habillé en noir de la tête aux pieds : chemise, treillis, bottes. C'est une tenue militaire, des tissus techniques, j'imagine qu'il porte du kevlar en dessous.

— Tu sors ce soir ? je lui demande, histoire de rester léger.

Son visage demeure impassible.

— Vous deux, vous passerez la nuit ici.

— Pourquoi ? Souviens-toi que tu es à mon service, X. Je suis toujours ton prince.

Et c'est la première fois depuis longtemps que je me considère comme tel.

— Bien sûr, Votre Altesse, dit-il en se mettant au garde-à-vous. Mais je me permets de vous rappeler que je ne suis pas un sujet d'Edenvale. Dans les faits, je ne rends de comptes qu'à mes supérieurs.

Je fais un pas vers lui, mais la main apaisante de Juliet sur mon épaule m'arrête.

— S'il nous a emmenés ici, c'est pour nous protéger. Je ne vois pas d'autre raison. S'il voulait nous faire du mal, il en a largement eu l'occasion.

J'inspire profondément pour me calmer.

— Il ne va pas nous faire de mal, je n'ai aucun doute là-dessus. L'idée est de nous tenir dans l'ignorance. N'est-ce pas, X ?

L'intéressé hoche sèchement la tête.

— Il me semble inutile de perdre notre temps en élucubrations. Je fais mon travail, Altesse. Je fais le nécessaire pour protéger mes employeurs.

— C'est donc tout ce que nous sommes pour toi, alors que tu travailles pour nous depuis plus de vingt ans ? Tes employeurs ? Il est évident, en tout cas, que tout ceci n'a rien à voir avec ton allégeance à notre royaume.

Une ombre traverse son visage et c'est la première fois depuis que je le connais que je le vois exprimer quelque chose qui s'apparente à une émotion.

— C'est ainsi que cela devrait être, Altesse. Le mieux pour toutes les personnes concernées serait que je ne m'attache à personne. Je dois pourtant avouer que ce n'est pas le cas. La famille Lorentz est bien plus que mon employeur. Pour des raisons diverses qui doivent rester secrètes à jamais. Mais j'ose croire que vous savez que vous pouvez me faire confiance et que, si je vous demande de rester ici, c'est parce que c'est l'option la plus sûre.

Je crispe la mâchoire.

— Je te fais confiance, X. Mais ça ne change rien au fait que je suis ici contre ma volonté et sans savoir pourquoi.

— Je comprends, Altesse. Demain matin je serai en mesure d'éclaircir certains points. Mais pour l'instant, prenez soin de votre femme et de votre enfant. Ce logement est à n'en pas douter spartiate, mais je vous assure que vous êtes entre de bonnes mains.

Puis, avec un bref hochement de tête, il se tourne vers la porte.

— Attendez ! dit Juliet. J'ai encore une question. À laquelle j'espère que vous pourrez répondre.

— Je vous écoute, Votre Altesse.

— C'est juste que… Eh bien, on a vu tout à l'heure la salle de surveillance et… des caméras dans les couloirs… Donc, est-ce que cette chambre est aussi…

Elle est rouge comme une pivoine.

— Cette chambre est parfaitement privée, répond-il avec une lueur amusée dans l'œil. Et insonorisée.

Puis il s'en va.

Juliet tire l'imposant verrou soudé à la porte et se retourne vers moi.

— Ça fait beaucoup de nouveautés à encaisser en une seule journée. Moi aussi, je suis sous le choc, fait-elle en venant vers moi. Mais on est coincés ici…

Elle fait glisser la fermeture Éclair de sa robe.

— Tous les deux prisonniers dans cette sorte de cellule…

La robe tombe par terre et je me perds dans la contemplation de ses courbes exquises, de sa peau crémeuse et de… d'une constellation de petites taches brunes sous son sein gauche.

— Ça…

Ma voix est rauque, mon doigt trace la forme que dessinent ces petites taches brunes. Une flèche.

— Oui ? dit-elle en un souffle. Damien, tu te souviens de quelque chose ?

Je ferme les yeux en tentant désespérément de faire la lumière dans les tréfonds brumeux de ma mémoire. Mais aussi vite qu'il est venu, le souvenir disparaît.

— Non, dis-je, regrettant la déception que je lis dans son regard. Je suis désolé.

Elle fait un pas de plus vers moi, laissant ses chaussures derrière elle.

— Tout à l'heure, dans la forêt…

— Oui ?

— Je t'ai promis que je vous prouverais, à toi et à ta famille, que je suis digne de votre confiance. Je me suis aussi engagée à te convaincre que tu vaux bien mieux que tu ne le crois. Mais je ne t'ai rien demandé en retour.

— Sauf de défendre notre enfant au péril de ma vie. Ce n'est pas rien, je dirais.

Elle rougit.

— Je veux dire, je n'ai rien demandé pour moi.

— Mais tu vas le faire maintenant…

Elle acquiesce d'un timide signe de tête qui me serre le cœur.

— Je vis pratiquement captive depuis ma naissance. Et si les théories de X sont vraies, je ne peux même pas me consoler en pensant que mes parents cherchaient à me protéger. Ce qu'ils voulaient, c'était surveiller chacun de mes mouvements, chacune de mes pensées. Je ne veux plus être leur marionnette. Je ne veux plus vivre dans la peur.

Elle marque une pause. Mes mains fourmillent de l'envie de la toucher et j'ai l'impression que je vais exploser si je ne le fais pas tout de suite. Mais je sens que quelque chose d'important se joue en ce moment, et je me retiens.

— Que veux-tu, Juliet ?

Elle se mordille la lèvre, à la fois aguicheuse et timide.

— Je veux que tu fasses de moi ta captive. Et qu'ensuite, tu me libères.

Elle détache ma ceinture et la retire de mon jean. Puis elle me la tend. Je la dévisage :

— Tu en es sûre ?

Elle hoche la tête, puis se dirige vers l'un des lits,

s'y allonge, et tend les mains pour les accrocher au cadre de métal.

Nos respirations agitées vibrent dans le silence de la chambre quand j'enroule la ceinture autour de ses poignets. Je fais plusieurs tours, jusqu'à ce qu'elle soit assez serrée pour laisser une marque. J'hésite un instant, j'ai peur de lui faire mal, mais son sourire m'affirme le contraire.

Je pose ma main entre ses jambes et elle se cambre contre le matelas. Bon sang, elle est trempée. Je sens mon désir flamber.

— Bande-moi les yeux ! demande-t-elle dans un gémissement.

J'ôte ma chemise et l'enroule avant de l'attacher autour de ses tempes.

— Tu as peur ?

Elle acquiesce.

— Mais je te fais confiance, Damien. Je te fais confiance comme je n'aurais jamais dû faire confiance à mes propres parents. Mais nous sommes maintenant mari et femme. Nous avons fait ensemble un enfant qui représente un nouveau départ. Montre-moi que je n'ai pas à avoir peur. Montre-moi que je suis une femme libre.

Je plonge mon visage entre ses cuisses et je lèche langoureusement sa fente, en prenant mon temps. Elle se trémousse, mais ses poings liés entravent ses mouvements. La langue sur son clitoris enflé, je glisse un doigt en elle. Puis deux, puis trois.

Elle se presse contre ma paume, mais je la sens encore dans la retenue.

— Tu n'es plus la prisonnière de personne, Juliet. Et surtout pas la mienne. Plus personne ne pourra te faire taire. Alors laisse-toi aller. Exprime-toi !

J'accélère les mouvements de mes doigts et de ma langue, aguichant sans merci le point le plus sensible de son corps. Elle se déchaîne avec un abandon sauvage, je sens qu'elle est au bord du point de non-retour.

— Laisse-moi t'entendre, Juliet.

Puis j'enfouis mon visage dans sa douceur acidulée alors qu'elle jouit avec un rugissement de joie purement animal. La jouissance à l'état pur.

Ce n'est pas le petit cri d'une princesse gâtée, mais le cri indomptable d'une reine puissante.

Juliet

Je crois mourir, me dissoudre dans un vortex noir de plaisir pur et absolu. La médecine occidentale se moquerait d'une telle affirmation, mais c'est la vérité. Ma vérité, en tout cas. Mon corps ne peut pas contenir autant de bonheur. Mais Damien ne se contente pas de me faire jouir une fois. Il semble ne jamais vouloir s'arrêter. Sans cesser un instant de murmurer des mots aussi doux que crus, absolument délicieux…

« J'adore te lécher partout… Oh oui, bébé, frotte-toi contre moi… Viens sur mon visage… Donne-moi tout… Elle est à moi, cette petite chatte délicieuse… »

Je n'imaginais pas qu'on puisse parler comme ça, me parler comme ça, et j'imaginais encore moins que cela me révélerait une facette de moi que je ne savais pas exister, une facette sombre et sauvage…

Je giflerais souverainement n'importe quel autre homme qui oserait s'adresser à moi de la sorte. Mais ici et maintenant, attachée à un lit, quelque part au fond d'une vallée perdue, j'en redemande.

Au moment du quatrième orgasme, malgré les murs insonorisés, je suis certaine que tous les agents de service dans cette Cave ont compris que j'apprécie au plus haut point le savoir-faire de mon beau prince.

Mes bras touchent le matelas, et c'est comme ça que je m'aperçois qu'ils sont détachés. J'étais trop perdue dans les limbes du dernier orgasme pour me rendre compte que Damien m'a rendu ma liberté de mouvement.

Il me prend par la taille et roule sur le dos.

— Assieds-toi sur mon visage, princesse.

Je n'ai pas encore recouvré une respiration normale ; ce qu'il me demande est impossible.

— Je… Je ne vais pas pouvoir… Je viens à peine de…

Un éclat diabolique luit dans ses iris verts.

— Tu ne fais que commencer, princesse. Dans cette pièce, en ce moment, tu es à moi et tu dois m'obéir. C'est moi qui commande.

Plus tard, je passerai pas mal de temps à essayer de comprendre pourquoi ces mots qui sonnent si mal m'ont fait autant d'effet. Mais en attendant, mon corps obéit à ses ordres. Je me mets à califourchon sur lui et j'avance jusqu'à me trouver au-dessus de son beau visage balafré. Je me penche pour admirer sa mâchoire carrée, ses traits parfaits jusqu'à l'arrogance, ses sourcils impérieux.

— Chevauche-moi fort, dit-il seulement.

Puis il m'empoigne les fesses et me plaque sur sa bouche affamée.

Mes hanches ondulent, sa langue joue encore avec mon clitoris, mais cette fois je ne compte pas prendre mon plaisir toute seule. Je me penche en arrière pour fermer une main sur son sexe dressé. Quelques gouttes perlent, qui rendent mes caresses plus glissantes, plus fluides.

J'adore.

J'accélère la cadence de mes mouvements jusqu'à le faire gémir entre mes jambes. Ce n'est que justice. S'il est ma perte, je serai la sienne. Notre union est peut-être une catastrophe internationale, mais au moins nous pouvons faire quelque chose de beau avec nos corps.

Je sens son sexe pulser contre ma paume et je m'apprête à recevoir la chaleur de sa semence, mais… ce n'est pas comme ça que ça se passe.

Il me prend par la taille, me soulève et m'assoit sur ses hanches. Il frotte son sexe contre le mien sans me pénétrer, et les sensations changent de couleur. Leur intensité dépasse tout ce que j'ai pu ressentir jusque-là, mes muscles intimes se contractent et mes seins bondissent sous la force de ses coups de reins, si puissants que j'ai l'impression d'être sur un cheval fou.

Il jure, il halète, la voix déformée par le plaisir. J'ai

le souffle coupé, la gorge si serrée que je ne pourrais plus émettre aucun son, même si je le voulais. Le plaisir monte et monte sans jamais redescendre, sans jamais exploser, et je ne comprends pas que ce soit possible.

Puis… il glisse ses doigts entre mes fesses ; je suis tellement excitée que même là je suis mouillée. Il presse un doigt contre l'accès à mon corps et… à ma grande surprise, je me cambre pour l'encourager et m'offrir toute à lui. Je n'en reviens pas moi-même, mais mon corps semble savoir ce qu'il veut. Puis, de sa main libre, Damien cueille le miel de mon sexe.

— Suce-les, dit-il en m'offrant ses doigts.

Je me délecte du goût de sa peau mêlé à ma saveur musquée.

Il est partout en moi, sauf à l'endroit qui compte le plus. Puis, la seconde d'après, sans trop savoir comment, je suis couchée sur le dos. Il est sur moi, ses mains serrent mes seins et mes seins son sexe, le mouvement de ses hanches est de plus en plus rapide, sa respiration aussi chaotique que la mienne.

— Princesse, je vais jouir sur toi. J'ai besoin de te marquer. Tu comprends ? Dis-moi que tu comprends.

Je hoche la tête, bien sûr que je comprends ! Moi aussi, j'ai besoin de le marquer.

J'enfonce mes ongles dans sa peau et lui griffe le dos sur toute sa longueur. Sa semence se répand en une explosion de chaleur sur ma poitrine. J'en ai de partout, cela m'excite et m'émeut. Tout ça est si nouveau pour moi…

Un long moment passe avant que nous trouvions

la force d'aller dans la petite salle de bains attenante pour nous enlacer sous l'eau brûlante de la douche. L'homme sauvage avec qui je viens de partager ces instants débridés est capable aussi d'une tendresse et d'une douceur infinies. Il prend le savon et, à genoux devant moi, il nettoie mes jambes et mon sexe hypersensible. Il se relève, savonne mon ventre, mes seins. L'eau rince son sperme, mais le souvenir de sa marque reste gravé en moi. J'ai l'impression d'être accro à une drogue dure nommée Damien. Je veux tout de lui, tout ce qu'il aura à offrir. Et s'il ne peut pas m'ouvrir son cœur, peut-être l'entente sublime entre nos corps suffira-t-elle.

Mais au fond de moi, une petite voix qui ne veut pas se taire demande : *Et si cela ne suffit pas ?*

— Un penny pour tes pensées, dit-il en faisant mousser mes cheveux dans un massage.

— Un penny ? J'aurais cru que le prince d'Edenvale pouvait se permettre un peu plus que ça.

Il se met à rire.

— Ce prince dépouillerait son royaume pour passer avec toi un autre moment comme celui qu'on vient de passer.

J'hésite, puis je lui révèle ce que j'ai sur le cœur.

— Pourtant, tu as été avec beaucoup de femmes.

— Pas comme ça.

— Ton premier amour, Victoria. Tu étais comme ça avec elle ?

J'ai demandé ça d'un ton léger, pourtant cette idée me glace le cœur.

— Pourquoi cette question ?

C'est une chance que l'eau m'oblige à fermer les yeux, je ne me sens pas capable d'affronter son regard.

— Tu l'aimais. C'était la femme de ta vie. Tu as fait l'amour avec elle, tu n'étais pas encore le fameux baron… Tu étais Damien, tout simplement. Je suis juste… curieuse.

— Tu sais ce qu'on dit de la curiosité ? murmure-t-il.

— Que c'est un vilain défaut ?

— Oui, fais attention à ce que tu demandes. Nous sommes mariés, tu es mon épouse devant Dieu et devant la loi. Si tu veux savoir la vérité sur Victoria, je te dirai tout. Mais n'oublie pas qu'une fois que l'on sait certaines choses, on ne peut plus les oublier.

Ma voix tremble, mais j'ouvre les yeux pour soutenir son regard.

— Je veux tout savoir. Tu peux tout me dire.

12

Damien

Depuis sa mort, je n'ai parlé à personne de ma relation avec Victoria. Mais je n'arrive pas à dire non à la future reine de Nightgardin, mon épouse.

J'inspire profondément et j'entame mon récit :

— Après le drame, mon père n'a voulu me parler que pour écouter mes aveux : il voulait entendre de ma bouche que non seulement j'avais causé la mort de cette jeune femme, mais que j'avais eu l'intention de voler la fiancée de mon frère.

Nous sommes nus dans un des lits minuscules, moi sur le dos et Juliet sur le côté, ses seins doux pressés contre mes côtes endolories. J'aime autant, comme ça, je n'ai pas à voir son expression lorsque je lui dévoile qui est vraiment l'homme qu'elle a épousé.

— Parce que tu étais jaloux de lui ? demande-t-elle, caressant mon torse du bout des doigts.

— Non, ce n'était pas ça, je te prie de me croire. Bien sûr, j'enviais Nikolaï d'une certaine façon. Il avait tout, il était beau, plein de charme, tout était facile pour lui, les filles tombaient à ses pieds. Mais quand mon père a épousé la mère de Victoria, Adele, et qu'elles sont venues vivre au palais… Soudain, il n'a plus eu d'yeux que pour elle.

Juliet s'éclaircit la gorge, ses caresses rassurantes s'arrêtent.

— Mais… c'était ta demi-sœur.

— Aucun lien de sang. Dès qu'Adele a remarqué que le prince — l'héritier, en plus — s'intéressait à sa fille, elle a fait tout son possible pour convaincre Père de les unir. Après tout, si Adele était reine, quel meilleur moyen de renforcer la lignée d'Edenvale qu'un mariage entre leurs descendants ?

Je sens la chaleur de Juliet contre moi et je joue avec ses cheveux. Sa présence dans cet étrange lieu dont j'ai encore du mal à croire qu'il existe me réconforte plus que je ne peux le dire. Et en même temps, ce voyage six ans en arrière me déstabilise. À l'époque, je pensais que tout était possible. Aujourd'hui, je sais à quel point j'étais naïf.

— La reine Adele, murmure Juliet. C'est elle qui a fait emprisonner Kate et essayé de forcer ton frère à épouser cette baronne de Rosegate.

— Oui. La famille pense que ce n'était pas seulement pour se venger de Nikolaï, qu'elle blâmait de ne pas avoir su protéger Victoria. Père, mes frères et X sont persuadés que c'était lié à une tentative de ton pays pour infiltrer le palais.

Elle se raidit.

— Je suis désolé, Juliet. Je t'explique ce qui s'est passé, je ne voulais pas…

Elle se détend quelque peu.

— Continue, je t'en prie. Je ne veux pas m'énerver.

— C'est assez simple, en fait. Une fois fiancée à Nikolaï, Victoria s'est sentie piégée. Elle le trouvait beau, bien sûr, et plein de charme, et il était de toute évidence fou amoureux d'elle, mais elle… elle se voyait forcée de tenir un rôle qu'elle ne voulait pas jouer. Par sa propre mère, bien sûr.

Ce que je vais dire ensuite mérite d'être dit les yeux dans les yeux, sans détour. Je me tourne pour contempler Juliet.

— Nikolaï ne voudra jamais m'écouter, et encore moins me croire. Promets-moi que, s'il m'arrive quelque chose, tu le lui raconteras. Il faut qu'un jour il connaisse la vérité.

Elle déglutit, troublée, et acquiesce en silence.

— Victoria n'avait pas d'alliés au palais. Pas d'amis. Personne à qui se confier. Quand les fiançailles ont été annoncées officiellement, elle a eu besoin de trouver un endroit où elle pourrait tomber le masque et laisser libre cours à ses sentiments. Tout a été un coup du hasard. Elle ne me cherchait pas, elle est allée se cacher dans le labyrinthe du jardin pour pleurer en paix, et moi, j'y étais.

J'inspire profondément avant de continuer.

— Je ne voulais pas tomber amoureux d'elle, mais c'est arrivé. Ça nous est tombé dessus à tous les deux. Je n'aurais jamais songé à fuir avec elle si elle ne me l'avait pas demandé, je ne me serais pas détourné de mon frère si je n'avais pas cru qu'on n'a qu'une chance de connaître l'amour dans une vie. N'oublie pas que je n'étais qu'un gamin, à peine sorti de l'adolescence, Juliet. Je croyais avoir toutes les réponses, je croyais que, tant que nous nous aimerions, le monde ne pourrait rien contre nous. As-tu déjà fait quelque chose d'aussi stupide au nom de l'amour ?

C'est une question purement rhétorique et je ferme les yeux pour bloquer le souvenir de ce moment où Victoria est venue à moi en quête de réconfort, de l'assurance que tout irait mieux.

Mais ce n'est pas mon premier amour qui s'impose à mon esprit. Dans l'écran trouble de ma mémoire, je vois une chaussure cassée. Un genou blessé.

— Damien ?

Juliet a l'air inquiet, mais je ne veux pas ouvrir les yeux. Je ne le ferai pas avant que la vision soit devenue plus claire. Ce n'est pas une simple image, elle a la texture d'un souvenir.

— Damien ? insiste-t-elle, soucieuse. Qu'est-ce qui ne va pas ? Tu as mal ? Oh mon Dieu, j'ai cassé quelque chose quand j'ai…

La vision s'estompe, et je suis forcé de revenir au moment présent.

Quand je rouvre les yeux, Juliet scrute avec inquiétude mon visage encore meurtri et ses doigts tâtent précautionneusement mes côtes abîmées. Je lui prends la main.

— Je vais bien.

Et c'est la vérité. J'ai l'impression qu'on a enlevé le poids qui m'oppressait la poitrine.

— Continue, alors. Qu'est-ce qui s'est passé ?

— Je l'aimais, dis-je simplement.

Et je peux voir que Juliet lutte pour taire une émotion, mais la peur est difficile à cacher.

— Pourtant, ce n'est pas elle que je vois quand je ferme les yeux. Plus maintenant.

Elle se mordille nerveusement la lèvre.

Je reviens à la vision, celle qui plane, insaisissable, dans mon esprit, à la fois toute proche et hors de portée.

— Juliet… Est-ce que… la nuit de notre rencontre… Est-ce que tu étais blessée ?

Elle étouffe un sanglot, une larme coule sur sa joue.

— Le talon de ma chaussure s'est cassé, je suis tombée et me suis écorché le genou. Les paumes des mains aussi. Tu parlais des folies qu'on fait quand on est jeune, eh bien, ce soir-là, j'étais juste une gamine qui s'était déguisée en femme et… mais… Comment tu as su ça ?

Je souris. Et ce n'est pas parce que je pense avoir fait la paix avec mes sentiments pour Victoria, même si je suis presque certain d'avoir enfin fait le deuil de ce premier amour.

Je souris et j'embrasse ma femme, parce que, quand j'ai fermé les yeux, c'est elle que j'ai vue.

C'est juste un fragment infime des jours qu'on m'a volés, mais c'est déjà ça. Et c'est surtout le signe que je m'en rapproche.

— Je te crois, dis-je. Je ne me souviens de rien

d'autre que d'une chaussure cassée et des écorchures à tes genoux, mais je te crois.

Elle force un sourire, et je comprends pourquoi elle ne peut vraiment se réjouir. J'ai retrouvé un tout petit bout de notre première nuit, mais ce n'est pas celui qu'il fallait. Car je ne me souviens toujours pas de ce qui m'a poussé à lui faire l'amour comme je ne l'avais fait qu'avec la fiancée de mon frère.

Je ne me souviens pas d'être tombé amoureux d'elle.

Mais peut-être que je n'ai pas besoin de m'en souvenir. Peut-être que, en me détachant de Victoria, je suis enfin prêt à aimer de nouveau.

Je ne sais pas quoi dire, et il n'y a peut-être rien à dire… Pour l'instant. Donc j'embrasse ma femme, elle se blottit contre moi et nous nous caressons jusqu'à sombrer dans le sommeil. Et, pour la première fois depuis mon retour, je dors toute la nuit sans qu'un seul cauchemar ne vienne me hanter, avec ma jeune épouse, si belle et si patiente, tout près de moi.

Juliet

Des coups frappés à la porte nous réveillent.

— Vous êtes présentables ?

C'est X.

Je bondis du lit en saisissant mes vêtements éparpillés pour m'habiller à la hâte. Damien ne bouge pas et je trouve cruel de le réveiller, il dort si paisiblement… Pendant que j'enfile mon soutien-gorge, je prends le temps de scruter son visage. Ses lèvres sensuelles, ses longs cils…

En dépit des tatouages et des cicatrices, ce n'est pas le bad boy que je vois, mais un homme perdu, affamé d'amour et de tendresse — un homme maudit, détesté, redouté. Un homme qui ne s'est jamais plaint, qui n'a jamais craqué, qui s'est rendu aussi dur que le granit pour affronter un monde plus dur encore.

Et aussi ridicule que cela puisse paraître étant donné sa carrure d'athlète, une émotion s'impose à toutes les autres et je chuchote :

— Je te protégerai.

On l'a tellement blessé, et si souvent… Je ne lui ferai aucun mal, jamais.

Quand j'ouvre la porte, je retrouve X, qui est seul. Professionnel et discret, il ne regarde pas une seule fois les lits. Je me demande s'il devine ce que ces quatre murs ont vu. Si l'air garde encore une trace de l'intensité de notre passion.

— Est-ce que je peux vous parler ? demande-t-il tout bas.

— Je ne veux pas réveiller le prince…

— C'est à vous que je souhaitais parler. Seul à seule.

Ses yeux énigmatiques ne laissent rien transparaître. Encore une fois, je me demande qui est cet homme.

Je referme doucement la porte derrière moi. C'est un peu à contrecœur que je quitte cette chambre spartiate car les moments que j'y ai vécus ont désormais pour moi une valeur sacrée. Dans le couloir, X me considère du coin de l'œil.

— J'ai cru comprendre que vous... Que vous vous êtes laissés aller, cette nuit.

Je stoppe net, incapable de faire un pas de plus.

— Vous avez dit qu'il n'y avait pas de caméras !

— En effet, il n'y en a pas. Et la pièce est insonorisée. C'est du moins ce que le concepteur nous avait assuré. Soit je dois porter plainte contre lui, soit vous êtes plus forts que les équipements de sécurité les plus modernes.

J'ai les joues en feu.

— Ne soyez pas gênée, Altesse. Tout le monde s'en moque. À dire vrai, les gens étaient même un peu jaloux.

— Ah bon ? Pourquoi ?

— Nous ne sommes pas dans un monastère, personne n'a fait vœu d'abstinence. Mais travailler dans la Cave exige un engagement total et une concentration sans faille. Cela signifie que les agents qui acceptent un poste ici acceptent le célibat pour la durée de leur mission. C'est plus simple. Mais j'imagine que certains s'en sont mordu les doigts, hier.

Il a un petit rire amusé qui ne lui ressemble pas du tout, mais alors pas du tout. Mais c'est qu'il est vraiment insaisissable. Tout chez lui me surprend.

— Vous êtes célibataire, vous ?

Je n'ai pas pu m'empêcher de lui poser la question. Un homme aussi viril ne peut pas avoir fait une croix sur le sexe.

— Moi ? s'exclame-t-il en éclatant de rire. Je ne

suis pas en poste à la Cave. Je suis sur le terrain depuis des années... ce qui me permet de jouer sur le terrain.

— Mais vous n'avez personne en particulier ?

Il reprend son sérieux.

— Dans mon métier, il est fortement déconseillé de se lier à qui que ce soit. C'est risqué, pour les autres aussi bien que pour nous.

— Mais on pourrait vous réaffecter à la Cave ?

— Oui, acquiesce-t-il avec un haussement d'épaules. Si j'énerve certaines personnes. Heureusement, j'ai un ami très influent qui veille à ce que cela ne se produise pas.

— Qui est-ce ?

Il pose la main sur un écran et les portes coulissantes s'ouvrent.

— Attendez ici un instant.

Il me fait entrer dans une salle de réunion qui ne comporte qu'une table massive entourée de douze chaises. Je demande :

— Que se passe-t-il ?

— Bonjour, Juliet, murmure une voix féminine tout près de moi.

Je sursaute. J'aurais juré que la salle était vide. Quand je me retourne, je découvre une belle femme, la cinquantaine environ. Son regard est intelligent et perçant, elle a des yeux magnifiques d'un vert intense... un vert que je n'ai jamais vu que dans les yeux des trois princes d'Edenvale.

— C'est un plaisir de vous rencontrer enfin, dit-elle en s'asseyant à une extrémité de la table.

Elle porte des bottes noires qui lui montent jusqu'aux genoux et dont le talon de plus de dix centimètres est aussi fin qu'un cure-dent.

Puissance, arrogance, intelligence sont les mots qui me viennent en la regardant. Face à elle, j'ai l'impression d'être une collégienne naïve.

— Qui êtes-vous ?

— C'est une bonne question, répond-elle en croisant les jambes. X, apporte à notre invitée une tasse de ce délicieux chocolat belge, avec un soupçon de crème fouettée, veux-tu ? C'est bien comme ça que vous l'aimez, n'est-ce pas ?

X s'incline avant de s'en aller.

— Comment connaissez-vous ma boisson préférée ?

— Encore une question intéressante.

Elle m'observe en se caressant la lèvre d'un air pénétré. Je ne sais pas ce qu'elle espère découvrir sur mon visage, mais c'est comme si elle voulait mémoriser jusqu'au dernier de mes traits.

— Je vous propose un marché, reprend-elle. Je vais vous poser des questions, et je répondrai aux vôtres. À hauteur d'une question toutes vos trois réponses.

— Mais ce n'est pas juste !

— Non, soupire-t-elle. Mais la vie n'est pas toujours juste, vous en conviendrez avec moi !

Je plisse les yeux. Si elle sait qui je suis, elle doit me traiter avec le respect dû à une future reine.

— Très bien. Que voulez-vous savoir ?

— Vouliez-vous régner sur Nightgardin ?

À sa façon de prononcer le nom de mon pays, je

sais avec certitude qu'elle est un de mes sujets, si je peux la qualifier ainsi. Car j'ai la nette impression que cette femme n'a de comptes à rendre à personne.

— Bien sûr, c'était mon destin. Mais je ne voulais pas le faire comme mes parents l'entendaient, en étant sous la coupe d'un homme que je n'aimais pas et qui ne voyait en moi qu'un moyen d'assouvir ses ambitions.

Elle se penche vers moi.

— Avez-vous déjà eu l'impression que votre vie était en danger ? Avez-vous été victime d'accidents étranges ? Surtout ces cinq dernières années ?

— D'accidents ?

Je fronce les sourcils.

— Il y a eu un incendie dans notre résidence d'été. Et un jour, pendant une promenade à cheval en montagne, un gros rocher s'est décroché et a atterri juste devant moi.

Elle croise les doigts, penche la tête.

— Vous êtes-vous déjà demandé si ces... accidents n'étaient pas en réalité des attentats contre votre vie ?

— Jusqu'à présent, non, dis-je sèchement. Bon, ça fait trois questions. Voilà la mienne. Qui êtes-vous ?

— Je ne suis personne.

— Ce n'est pas une réponse.

Elle hausse les épaules.

— C'est pourtant la vérité. Je suis une femme sans pays. Sans nom. Je ne prétends à rien et je n'attends rien de qui que ce soit.

— Pourquoi ?

— Cela fait deux questions, objecte-t-elle avec

une moue joueuse. Vous devez répondre d'abord à trois des miennes. Vos parents vous ont déjà parlé d'une fontaine ?

— D'une fontaine ? Qui donne de l'eau, vous voulez dire ?

Elle hausse un sourcil et je me sens un peu bête, pourtant c'est elle qui pose des questions absurdes.

— Pourquoi m'auraient-ils parlé d'une fontaine ? Ils ne m'ont jamais adressé la parole que pour me remettre à ma place. Et pour me rappeler que je ne devais pas attirer l'attention sur moi.

— Et vous ne vous êtes jamais demandé pourquoi ils tenaient à ce point à vous garder à l'écart de vos sujets ?

— C'est la coutume.

— Ça ne l'a jamais été, nie-t-elle avec un sourire froid.

Je me rebiffe, agacée.

— Qu'essayez-vous de me dire ? Mes parents n'étaient pas des parents modèles, certes, et j'ai souffert de leur manque d'affection. Mais ce ne sont pas des meurtriers. Ils n'avaient pas l'intention de me brûler vive ni de m'écraser sous un rocher.

J'entends soudain des bruits de pas rapides dans le couloir, suivis de la voix de X.

— Je suis désolé, prince, mais vous ne pouvez pas entrer ! déclare ce dernier avec fermeté.

— Et comment comptes-tu m'en empêcher ? rugit Damien. Juliet ! Juliet !

Il y a de la panique dans sa voix. J'imagine son

inquiétude lorsqu'il s'est réveillé seul et qu'il a dû se demander si je n'avais pas été enlevée.

— Toujours aussi dramatique, celui-là, commente la femme d'un ton que j'oserais qualifier d'affectueux.

Je me lève pour courir vers la porte.

— Damien ! Je suis ici ! Tout va bien.

La porte s'ouvre et Damien fond sur moi pour me serrer dans ses bras.

— Dieu merci, murmure-t-il en déposant un baiser sur mon front. J'ai fait un rêve, non, un putain de cauchemar. Mais tu es saine et sauve !

— Oui, ça va. Enfin, pas si j'en crois cette dame.

Je désigne du pouce la table derrière moi, mais quand je me retourne, je constate avec stupéfaction que la femme aux yeux d'un vert impossible a disparu.

13

Damien

— Moins vite, dis-je à Juliet.

Elle parle si vite que je n'arrive pas à savoir si elle est énervée ou excitée.

— Cette femme, elle m'a dit qu'elle n'avait ni nom, ni pays, ni rien ! Elle m'a affirmé que mes parents avaient voulu me tuer. Et elle a aussi mentionné une fontaine, elle voulait savoir si j'en avais entendu parler.

De retour dans la chambre, je m'affale sur une chaise, épuisé, avec un grognement de douleur.

— Qu'est-ce qui se passe ? demande-t-elle en se précipitant vers moi. Tu as mal quelque part ?

Sa question me fait rire.

— J'ai mal partout, princesse. Normal après nos activités d'hier soir… Je ne serais pas surpris de m'être recassé quelques côtes !

Je touche l'arête de mon nez. La légère bosse que je sens signifie qu'il restera tordu, que je ne serai jamais tout à fait celui que j'étais avant l'exil.

— Je suis désolée, dit-elle en s'agenouillant à mes pieds. Je…

— Ne t'excuse jamais pour ce que tu m'as fait, Juliet. Quand il s'agit de toi, je me comporte comme une bête sauvage, et je ne veux pas qu'il en soit autrement.

Elle a ce sourire timide qui me fait craquer.

— D'accord. Mais qu'est-ce qui te préoccupe, alors ? Je t'ai contrarié ?

— Tu as parlé d'une fontaine, enfin, c'est cette femme bizarre qui t'en a parlé.

— Exact, lance X depuis la porte. Ma partenaire a besoin de savoir ce que l'on sait à Nightgardin à ce sujet. Parce que, plus les gens croiront au mythe, plus ils chercheront à nous envahir… Je veux dire, à envahir Edenvale.

Juliet se redresse et tend les mains d'un geste excédé.

— Vous allez me dire une bonne fois pour toutes de quoi vous parlez ? Qu'est-ce que c'est que cette satanée fontaine ?

X et moi la regardons, stupéfaits. C'est si rare de la voir sortir de ses gonds !

— Votre Altesse, commence X en s'avançant dans la pièce. Il y a quelques mois, la princesse Evangeline a été kidnappée et traînée dans les catacombes du palais.

Juliet se laisse tomber sur une chaise.

— Assez ! Ça fait beaucoup trop, s'exclame-t-elle, toujours aussi excédée. D'abord Damien me met enceinte, ensuite il oublie tout de notre rencontre.

Rosegate nous tend un piège et transforme une merveilleuse promenade à cheval en choux gras pour les tabloïds. Et là, vous me parlez de catacombes ! Et puis, il y a cette femme mystérieuse, encore plus mystérieuse que vous, qui sait comment je bois mon chocolat et qui m'interroge sur des fontaines dont je n'ai jamais entendu parler, avant de disparaître dans les airs dès que je tourne la tête !

X s'éclaircit la gorge.

— Une seule fontaine, princesse.

Elle le regarde fixement.

— D'accord, une seule fontaine… Mais dites-moi, qu'est-ce qu'elle a de tellement spécial, cette fichue fontaine ?

Je prends une inspiration, mais garde le silence.

— L'épouse de Benedict, la princesse Evangeline, a failli mourir pour la protéger, répond X. C'est à peu près tout ce que je sais.

Il s'assoit face à nous et Juliet et moi le regardons, impatients.

— C'est la fontaine de Jouvence, poursuit-il. L'Ordre a juré de la protéger, c'est sa mission dans cette partie du monde.

J'éclate de rire, mais X reste impassible.

— Tu es sérieux, là ? Une fontaine miraculeuse, et une organisation secrète qui la protège ? Et, bien sûr, tu en es membre, de cet Ordre ?

Il est vrai qu'appartenir à une famille royale est une vie qui sort de l'ordinaire. Mais je n'avais jamais pensé que je serais un jour confronté à des espions, à des complots meurtriers et à une fontaine magique.

X remonte sa manche, révélant son avant-bras tatoué d'une plume de corbeau.

— Vous me prenez pour un espion, j'imagine, et c'est normal. C'est une façon de voir les choses. Je vais là où d'autres n'osent pas aller. J'obtiens des informations que d'autres ne pourraient jamais trouver. Mais d'abord et avant tout, je protège ce qui doit être protégé.

— La famille royale, l'interrompt Juliet.

Il acquiesce.

— Depuis des siècles, Nightgardin et Edenvale s'affrontent pour une seule raison.

— Évidemment, dis-je en levant les yeux au ciel. Le pouvoir, quoi d'autre ? Nous le détenons, et Nightgardin le veut.

— Vous avez du pouvoir, oui, concède X. Mais c'est l'accès aux catacombes d'Edenvale que vise Nightgardin.

— Oh ! mon Dieu ! dit Juliet, comme si elle venait de comprendre quelque chose, tout à coup. Mes parents... Ils croient qu'ils pourront régner à jamais.

Sa mâchoire se crispe, ses yeux s'emplissent de larmes. Des larmes de colère.

— Si cette fontaine existe vraiment et que ses eaux ont réellement ce pouvoir...

Elle étouffe un sanglot, se reprend.

— Alors... l'incendie, le rocher... et certainement d'autres tentatives qui ont échoué... En fait, je n'ai jamais été destinée à devenir reine, n'est-ce pas ? Dites-le-moi, X ! Cette femme m'a questionnée sur des accidents, mais ce n'était pas pour entendre mes réponses. Elle me testait… Elle testait ma loyauté envers ma famille. Alors qu'en fait vous le saviez déjà, n'est-ce pas ? Vous le saviez depuis le début !

X recule sa chaise, mais Juliet secoue la tête et l'éloigne d'un geste impérieux. Il se fige sur place.

— Je vous interdis de vous approcher de moi, articule-t-elle d'une voix tremblante. N'y pensez même pas ! Je veux savoir la vérité.

— Vous deviez être assassinée la nuit de vos noces, explique X d'un ton grave. Le duc de Wartson aurait été accusé, et vos parents se seraient retrouvés à la tête d'un royaume sans héritier.

— Pourquoi est-il si important pour eux que je meure ? demande-t-elle à travers ses larmes. Le trône ne doit me revenir qu'après leur mort, de toute façon.

— Des rumeurs sont remontées jusqu'à nous… Le comportement de votre mère inquiète votre père, qui a menacé d'abdiquer, ce qui priverait votre mère de son pouvoir et vous porterait, vous, sur le trône. Mais si vous disparaissez, il ne prendra pas ce risque, pas sans un héritier qu'il aura choisi.

— Mon Dieu… Père ne m'en a jamais parlé… Il ne m'a jamais donné l'impression qu'il se souciait de moi, et encore moins qu'il voulait que je règne.

— Vous le saviez pourtant, Juliet, poursuit X. Vous avez bien senti que ce mariage serait votre perte, c'est pour cela que vous avez fui.

Juliet porte alors son regard vers moi. Elle n'est plus la jeune fille timide que j'ai connue, mais une femme trahie et méprisée par ceux qui étaient censés la protéger. Ses parents, d'abord, et moi ensuite.

— Je suis partie parce que je voulais connaître le plaisir. Je voulais vivre une aventure comme toutes les filles de mon âge, j'avais envie de m'amuser, de passer quelques jours loin du devoir, de n'avoir aucun compte à rendre à personne.

— Et le prince Damien vous a… vous a sauvé la vie, conclut prudemment X.

Elle repousse sa chaise et se lève brusquement, l'index pointé sur moi.

— Mais il ne me reconnaît même pas ! Ma mère veut ma mort et mon mari ne se souvient pas être tombé amoureux de moi ! Je n'ai personne. Je n'ai que mon enfant. Et je ne laisserai personne me le prendre !

Je fais un pas vers elle pour m'interposer entre elle et la porte. Mais que faire ensuite ? Que dire pour réparer tout le mal qu'on lui a fait ?

— Juliet…

— Non, Damien, répond-elle d'une voix pleine de larmes. Laisse-moi ! Il n'y a rien à faire.

J'ose faire un deuxième pas, je ne veux pas l'effrayer, même si je sais qu'elle ne pourra pas aller bien loin. Mais elle ne me fuit pas.

— Tu as raison… Sur une chose, dis-je en me rapprochant encore. Je ne me souviens pas de notre rencontre.

Ses yeux sombres, emplis de colère et de chagrin, plongent dans les miens. Je prends son visage entre mes mains et elle ne me repousse pas.

— Mais tu n'es pas seule, Juliet. Laisse-moi vous protéger, toi et notre enfant !

Je l'embrasse et je sens qu'elle voudrait se laisser aller, mais quelque chose la retient.

— Laisse-moi tomber amoureux de vous deux et me montrer digne d'un amour aussi grand que le vôtre.

À ces mots, elle se blottit contre moi et je l'embrasse tendrement, sans me soucier de la présence de X. Mes lèvres sur les siennes sont une promesse. Une promesse que je compte tenir, dussé-je risquer ma vie pour cela.

Juliet

X finit par nous interrompre avec un toussotement discret.

— Navré, Vos Altesses. Loin de moi l'idée de faire obstacle au grand amour, mais il faut retourner au palais.

— Rien à voir avec le grand amour ! je lance, la saveur unique de Damien encore sur mes lèvres.

Quand il m'embrasse comme ça, tout mon corps s'enflamme comme s'il en avait embrasé chaque cellule.

— Ah bon ? s'étonne X, sarcastique.

— Il s'agit de magnétisme animal, X. Avec les hormones de grossesse par-dessus.

J'évite soigneusement de croiser le regard de mon mari en prononçant ces mots. J'espère qu'il croira mon mensonge : je ne supporte pas l'idée qu'il ait pitié de moi. Il a dit vouloir tomber amoureux de moi, ce qui signifie qu'il ne l'est pas encore, et peut-être qu'il ne le sera jamais. Mais il me désire — là-dessus, je n'ai aucun doute — et il a juré de me protéger. S'il n'a rien de plus à m'offrir, je m'en contenterai.

De toute façon, je n'ai pas le choix.

Sans rien ajouter, je m'élance dans le couloir… pour m'arrêter au bout de quelques mètres, à la première intersection avec d'autres couloirs identiques.

— Je ne sais pas par où aller, je dois l'avouer.

Je me tourne vers eux. Ils m'observent tous les deux. Je ne tente même pas de deviner le sens du regard de X, il sera toujours insondable. Mais… Damien ? Que signifie son air sombre ? Derrière combien de portes se cache mon prince ténébreux ?

L'espace d'un instant, je me demande si je ne l'ai pas blessé en reniant ce que je ressens pour lui, mais non. J'en suis aussi certaine que de la vérité désespérée et pathétique qui me frappe alors comme l'éclair, fulgurante et incendiaire :

Je suis amoureuse de mon mari.

Désespérément.

Irrévocablement.

Pour toujours et à jamais.

— C'est à gauche, Votre Altesse, indique X, courtois.

Vraiment agaçant, cet homme qui semble lire dans mes pensées.

— Je sais que vous détestez être en retard, ajoute-t-il en prenant la tête de notre petit cortège.

— En retard pour quoi ? grogne Damien, le regard braqué droit devant lui.

Ce couloir n'est qu'une enfilade de portes à perte de vue, sans aucun panneau, aucun détail pour se repérer. La Cave est aussi mystérieuse que l'Ordre. Que X lui-même.

— Pour votre première échographie, répond X en s'arrêtant devant une porte identique à toutes les autres.

Il pose sa main sur l'écran et la porte s'ouvre sur la cabine d'un ascenseur. Le même que nous avons pris à notre arrivée. Quelques secondes plus tard, nous retrouvons le hangar de la veille.

Le toit est ouvert, le moteur de l'hélicoptère vrombit. Il fait beau et j'ai la gorge serrée.

Nous allons voir le bébé. Notre bébé.

Nous bouclons nos ceintures et la jugulaire du casque. X et Damien sont assis sur les sièges des pilotes, moi, je m'installe près de la fenêtre et me penche pour demander à mon mari :

— Tu es impatient ?

— Oui. Bien sûr, répond-il en me souriant par-dessus son épaule.

Mais ce n'est pas un sourire franc. Mon cœur se serre jusqu'à me faire mal. Peu importe ce que Damien a dit tout à l'heure à la Cave, ce sont ses actes qui expriment le fond de son cœur.

L'hélicoptère décolle et prend de la hauteur, avant de replonger de nouveau quand nous traversons une zone de turbulences. Je m'accroche au siège, terrifiée. Seule.

Alors, Damien tend la main en arrière et cherche la mienne. Sans même se retourner, il a senti que j'avais besoin de réconfort. J'entremêle mes doigts aux siens et les presse fort, une fois. Il fait la même chose en réponse.

J'observe les montagnes qui tombent à pic dans des vallées sinueuses, un véritable labyrinthe aussi complexe que les sentiments qui m'habitent.

Damien peut me désirer avec une passion dévorante pour ensuite s'enfouir si loin en lui-même qu'il me semble impossible de pouvoir connaître un jour cette partie de lui. Les barrières qui nous séparent sont infranchissables. Les larmes me montent aux yeux, je pose une main sur mon ventre et j'essaie de me raisonner. Damien est plus que je n'aurais pu l'espérer, même s'il ne peut pas se donner entièrement à moi. Je murmure pour moi-même :

— Souviens-toi, tu n'as jamais cru aux contes de fées.

— Vous dites, princesse ? interroge X, toujours à l'affût.

— Je me demandais combien de temps il restait, je réponds avec un enthousiasme feint. J'ai… hâte de voir l'échographie.

— Dans vingt minutes, si on garde le cap, répond-il en accélérant.

Il tient parole : vingt minutes plus tard exactement, nous atterrissons sur le toit du palais. Deux infirmières nous attendent.

— Prince Damien, princesse Juliet, si vous voulez bien nous suivre, dit l'une d'elles.

Sa collègue se contente de nous annoncer que nous sommes devenus des célébrités.

Damien serre les dents. Je le sentais loin tout à l'heure, mais il a réussi à s'éloigner plus encore.

— Tu n'es pas curieux de voir le bébé ? lui dis-je sur un ton que j'espère léger. Si tu veux, tu peux aller te reposer dans tes appartements… La nuit a été longue…

— Quoi ? Mais comment peux-tu me suggérer une chose pareille ? s'insurge-t-il en me pressant contre lui. C'est mon enfant ! Notre enfant !

— Tu ne semblais pas intéressé quand X en a parlé, tout à l'heure.

Je m'adoucis, même si son regard garde ce voile opaque qui me chagrine. Il déglutit avec difficulté.

— Ce n'est pas l'enfant, c'est l'hôpital, avoue-t-il enfin. Je n'y suis pas retourné depuis… À vrai dire, je n'ai aucune envie d'y remettre les pieds.

— Je comprends…

Je pose la main sur sa joue.

Car c'est vrai, tout à coup, je comprends. Oh ! mais quelle reine de tragédie je fais ! Quel égocentrisme que le mien ! L'air sombre de Damien n'a rien à voir avec notre enfant. Il appréhende tout simplement de retourner dans ce lieu où il a tant souffert, où il s'est réveillé sans souvenirs et sans espoir. Je lui prends la main.

— Tu vois ? C'est mon tour maintenant de te tenir la main. Et… Damien…

Je me lève sur la pointe des pieds pour poser mes lèvres contre son oreille.

— Je ne te laisserai jamais tomber.

— Merci, chuchote-t-il. Je ne te mérite pas…

Une Rolls-Royce nous attend aux portes du palais. L'hôpital royal se trouve à quelques minutes de route. On dirait que tout le personnel s'est réuni pour nous souhaiter la bienvenue.

— C'est peut-être un peu exagéré, non ? dis-je avant de descendre de la voiture.

— C'est Edenvale, ça ! répond-il en haussant les épaules. La famille royale est très appréciée.

Ma gorge se serre quand je pense au contraste avec mon propre royaume. À mes parents, décidés à me tuer pour pouvoir conserver le trône en défiant toutes les lois de la nature. Mais je repousse ces pensées sombres, parce qu'il n'y a pas de place pour la noirceur en cet instant. Nous allons voir notre enfant.

— Prête ? me demande Damien.

— Prête !

Et nous nous éloignons de la Rolls sous un soleil éclatant.

14

Damien

Juliet tient ma main serrée dans la sienne. Je m'aperçois soudain qu'il n'y a pas que le personnel de l'hôpital pour nous accueillir.

Il y a aussi un grand nombre de journalistes, qui se jettent sur nous comme un essaim de guêpes.

— Prince Damien ! Était-ce un complot royal d'engrosser l'héritière de Nightgardin ?

— Altesse ! Où allez-vous habiter avec la princesse ?

— Princesse Juliet, il paraît que Damien ne se souvient même pas d'avoir couché avec vous ? Comment pouvons-nous être sûrs que vous portez l'héritier d'Edenvale ?

— Damien, comment seras-tu accueilli à Nightgardin, maintenant que tu as fait de la princesse une traînée ?

L'insulte fait tituber Juliet, qui trébuche sur le pied d'un photographe. Je la rattrape avant qu'elle ne heurte le trottoir et la prends dans mes bras. Elle enfouit sa tête dans mon cou.

— Assez ! j'aboie sur la meute. Aucun commentaire !

Je fonce vers les portes, que X nous fait franchir avec l'équipe médicale.

— Toutes mes excuses, Altesse, dit-il une fois que nous sommes à l'abri de la presse. Je vous assure que personne d'autre que moi et le personnel n'était au courant de votre venue.

Je repose Juliet au sol, elle tient debout mais tremble de la tête aux pieds.

— Eh bien, il est évident que l'information a filtré, je réponds. Et c'est bien plus gros que ce qui s'est passé avec le photographe de Rosegate. Il y avait même la presse internationale, on aurait dit des chiens enragés !

X hoche la tête.

— Votre Altesse, dit-il à Juliet. Nous allons tout faire pour retrouver le responsable. Cela ne se reproduira plus.

— Merci, répond-elle d'une voix à peine audible.

L'équipe nous conduit vers un ascenseur privé et je m'emporte :

— Quand nous saurons qui a divulgué le secret, il y aura des conséquences ! Juliet fait désormais partie de la famille royale d'Edenvale, et celui qui aura trahi sa propre princesse aura affaire à moi personnellement. Je…

Je m'arrête à mi-phrase au moment où les portes de l'ascenseur s'ouvrent.

— Que se passe-t-il ? demande Juliet en me

serrant la main de ce geste intime et rassurant qu'elle affectionne.

Sa propre princesse…

Ces mots résonnent dans mon esprit.

Je secoue la tête.

— Rien.

Mais je mens. Il se passe quelque chose, mais je ne sais pas encore quoi en faire : j'ai l'impression d'avoir déjà prononcé ces mots pour défendre ma femme. Mais si c'est le cas, cela signifie non seulement que j'ai oublié que nous avons fait l'amour, mais aussi que j'ai trahi ma promesse de la protéger.

— Nous ferons un test de paternité, me glisse Juliet tout bas tandis que nous nous dirigeons vers la salle d'examen. Si tu as encore des doutes sur…

La question n'est pas de savoir si j'ai besoin ou non de ce test. Depuis que les tests ADN existent, Edenvale les utilise comme moyen de se protéger de ses ennemis, et de Nightgardin en premier lieu. Quoi qu'il arrive, je serai, à un moment donné, contraint de lui annoncer que la loi l'exige de toute façon. On doit vérifier que l'enfant qu'elle porte est bien de moi. Toutefois, je n'ai que faire de la loi en ce moment. Tout ce qui m'importe, c'est de la rassurer.

— C'est mon bébé, Juliet. Tu n'as rien à me prouver.

Puis je l'enlace par la taille et c'est ainsi que nous entrons dans la salle d'examen.

— X, dis-je avant de refermer la porte devant laquelle il montera la garde. Ce qui s'est passé en bas, bon, c'est fait… Mais sache que la moindre fuite peut mettre en danger la sécurité de notre enfant.

— Bien sûr, Votre Altesse. À partir de maintenant, tout se passera entre le médecin et vous deux.

Je ne demande qu'à le croire.

L'obstétricienne, qui porte le nom de Dominique Broussard, indique à Juliet la blouse pliée qui attend sur la banquette d'examen.

— Si vous voulez bien enfiler ceci, déclare-t-elle d'une voix aimable. L'ouverture est sur le devant. Je vous laisse vous préparer et je reviens pour le grand moment.

Elle quitte la pièce et, pendant quelques longues secondes, Juliet et moi restons face à face, immobiles.

— Je peux t'aider à enlever ta robe ? dis-je enfin.

Elle rougit, mais je sais que ce n'est pas pour les mêmes raisons qu'hier soir, dans la petite chambre de la Cave.

— Tu peux me descendre la fermeture Éclair ?

Elle me tourne le dos en dégageant ses longs cheveux bruns de sa jolie nuque. Incapable de résister, j'appuie mes lèvres sur sa peau et inspire. La chair de poule lui hérisse la peau à ce contact et je souris, heureux.

— Damien ! me prévient-elle alors que je fais glisser la fermeture Éclair vers le bas et que je dégage la robe de ses épaules.

Je réprime un petit rire. L'intimité du moment où elle quitte la robe pour enfiler la chemise d'examen et s'installer dans le fauteuil me laisse sans voix.

On frappe à la porte. Parfait timing.

— Je suis prête, lance Juliet.

Le Dr Broussard entre.

— C'est votre première visite chez le médecin, princesse ? demande-t-elle en s'asseyant sur la chaise à roulettes devant une petite table couverte d'appareils. Je veux dire, pour le bébé ?

Juliet acquiesce nerveusement.

— J'ai quitté mon pays avant d'avoir une confirmation médicale de la grossesse, explique-t-elle. Mais je me suis procuré un test dans la salle de bains du service, sans le demander à personne. Je voulais être sûre, avant de m'enfuir. Je pensais que ma méthode de contraception était infaillible, mais il semble que notre enfant était décidé à naître.

Sa main va instinctivement se poser sur son ventre.

— Je viens de réaliser à quel point j'ai peur, ajoute-t-elle. Et si le bébé a un souci ? Si le stress de ma fuite a eu un effet négatif ? Et si…

J'attrape sa main libre et la serre fort. Je ne peux pas faire taire son inquiétude, qui est légitime et que je partage, mais je veux qu'elle sache qu'elle n'a plus à s'inquiéter toute seule.

— Quoi que l'on découvre aujourd'hui, nous le découvrirons ensemble.

Ses yeux brillent quand elle acquiesce.

— La meilleure chose à faire, princesse, c'est de vous détendre, indique le médecin. Plus vous serez calme et plus le bébé sera visible sur l'échographie. Mais, s'il vous plaît, ne vous inquiétez pas si nous ne voyons rien. Vous êtes à dix semaines de grossesse, si j'ai bien compris ? Parfois, le bébé est si petit qu'on ne le discerne pas à ce stade.

Juliet inspire et expire lentement, concentrée, sérieuse. Je l'imite.

— C'est bien, approuve le médecin. Respirez comme ça et… Je vais vous installer plus confortablement.

Elle presse un bouton qui fait basculer le dossier du fauteuil et Juliet se retrouve allongée.

Pendant ce temps, sa main reste dans la mienne.

Le Dr Broussard ouvre la blouse de Juliet.

— N'ayez pas peur, ça ne fait pas mal, et j'ai même préchauffé le gel pour vous.

Elle verse un liquide visqueux sur le ventre de Juliet, puis l'étale avec la sonde, les yeux fixés à l'écran à sa droite.

Tout est calme dans cette pièce aseptisée. Trop silencieux. Dans ma tête, j'entends le bip continu du moniteur cardiaque de la chambre d'hôpital où je me suis réveillé il y a quelques semaines, peu après le moment où le bébé a été conçu. Mais ici, il n'y a pas de vie en jeu, et encore moins la mienne.

— Hum…, fait le Dr Broussard.

Juliet prend une brusque inspiration et cela me ramène au moment présent. Je m'aperçois que j'ai cessé de respirer. Parce que ce « hum » soucieux n'est pas du tout ce je veux entendre.

Le médecin fait glisser la sonde sur l'abdomen de Juliette, lentement, de gauche à droite.

— Ah ! s'exclame-t-elle soudain, comme soulagée. Je pense que votre inspiration nous a permis de trouver la position parfaite, parce que… Regardez.

Elle désigne du doigt ce qui semble n'être qu'une

petite tache sur l'écran noir et blanc. Mais cette petite tache… palpite.

— Damien, murmure Juliet, et sa voix se brise sur la dernière syllabe de mon nom. Tu le vois ?

Je fixe le minuscule point blanc sans oser y croire. Ce n'est ni un simple reflet ni un défaut de l'écran.

J'ai la gorge nouée par l'émotion et je serre doucement la main de Juliet, incapable de trouver les mots. Rien ne m'a jamais frappé aussi fort, du moins depuis la perte de Victoria. Sauf que, cette fois, ce n'est pas une perte. C'est le plus beau cadeau qu'on puisse faire à quelqu'un qui n'a jamais rien mérité. Je n'ai besoin d'aucun test de paternité, je sais déjà. Je sais que là, sur l'écran, c'est le cœur de notre bébé à tous les deux qui bat.

Juliet

— Tu le vois ? je redemande à Damien. Tu le vois, notre adorable petit ourson ?

— Petit ourson ? s'étrangle-t-il en feignant d'être horrifié. Mais c'est le plus bel enfant du monde ! Dites-moi, docteur, avez-vous déjà vu un bébé plus parfait ?

— C'est en effet un très beau fœtus, Altesse, répond le médecin en riant. D'après sa taille, vous devez être à environ neuf semaines, ce qui met la date de la conception au…

— Juste après le Rallye de Nightgardin, dis-je en fixant Damien.

Son regard est si intense que j'ai peur de fondre

sur place. Le petit nuage clignotant semble fluctuer sur l'écran comme s'il réagissait à l'accélération de mon pouls.

— C'est incroyable qu'il puisse bouger autant sans que je sente quoi que ce soit.

— Pour l'instant, il n'est pas plus gros qu'un grain de raisin, m'explique le médecin. Il faudra un certain temps avant qu'il vous fasse sentir sa présence. Mais ne vous inquiétez pas, bientôt il vous réveillera en pleine nuit d'un bon coup de pied !

— Je vais vraiment avoir un bébé ! je m'exclame dans un éclat de rire.

— Oui, acquiesce Damien en m'embrassant sur le front. *Nous* allons avoir un bébé !

— Vous souhaitez que j'imprime les images ? demande le médecin.

— Tout ce que vous aurez, ordonne Damien, son visage encore enfoui dans mes cheveux et me respirant comme si j'étais sa seule source d'oxygène.

— Bien sûr. Je dois prendre encore quelques mesures et vous pourrez ensuite vous rendre au Centre de génétique prénatale pour les tests de labo.

Je me raidis au mot « génétique » et je scrute le visage du médecin, mais elle ne semble pas inquiète. C'est juste une professionnelle habituée à recevoir des couples comme nous toute la journée.

— Vous êtes sûre que tout va bien ? je lui demande en m'efforçant de sourire. Je ne veux pas paraître trop nerveuse pour ma première grossesse, mais… Mais je suis très nerveuse pour ma première grossesse.

— Vous en êtes au tout début, mais je peux

vous assurer que tout ce que j'ai vu jusqu'ici est parfaitement normal.

— Alors pourquoi des tests au labo de génétique ?

— Ah, c'est pour le test de paternité. C'est la procédure standard, étant donné les circonstances.

— Je vois.

Sauf que je ne vois pas du tout. Damien dit me croire quand j'affirme que l'enfant est de lui et pourtant nous voilà en route pour le laboratoire, comme ces couples que l'on voit dans les émissions de téléréalité américaine, qui cherchent à déterminer qui est le père du bébé.

C'est épouvantable.

— Tu n'es pas obligée, me souffle Damien une fois que nous nous retrouvons seuls dans une autre chambre de l'hôpital. Je me fiche de la procédure. Si j'affirme que c'est mon enfant, c'est mon enfant.

Je secoue la tête.

— Si je ne le fais pas, tu te poseras toujours la question, dis-je, catégorique. Et tout le royaume aussi. Et surtout tes frères.

— Juliet…

On frappe à la porte et un autre médecin entre sans attendre. C'est aussi une femme, qui porte un plateau recouvert d'un champ opératoire bleu.

— Bonjour, dit-elle en maintenant la porte ouverte avec son pied. Par ici, prince Damien. La salle d'attente est juste à gauche.

— La salle d'attente ? se cabre Damien. Je tiens à rester avec ma femme pendant que vous faites votre prélèvement !

— Désolée, Votre Altesse, c'est le protocole. Seul le patient et le médecin peuvent être présents lors d'un test de paternité. Cela évite les tentatives de falsification.

Mon mari grogne, une menace animale qui monte du fond de sa gorge.

— Je ne sortirai pas d'ici.

— Damien, écoute le docteur, dis-je dans un soupir. Qu'on en finisse avec cette histoire…

— Mais je dois être là, à tes côtés !

— Je t'assure que je peux rester seule, tout va bien. Va prendre un café et je serai sortie avant que tu aies fini de le boire.

À vrai dire, j'ai la tête qui tourne, à force d'essayer de me convaincre que je vais *vraiment* avoir un bébé. Ma présence ici, dans l'hôpital royal d'Edenvale, rend soudain la grossesse bien réelle. J'ai l'impression que cette folie qu'est ma vie actuelle va s'écrouler sur moi comme un tas de briques. Et je dois rester forte, au moins face au monde, malgré le tourbillon des émotions qui s'agitent en moi.

Plus facile à dire qu'à faire…

— Vous feriez bien d'écouter votre épouse, Altesse, intervient le médecin avec un sourire crispé. Femme heureuse, vie heureuse !

Damien m'embrasse la joue, ses lèvres s'attardent sur ma peau, je sens que quelque chose l'inquiète.

— D'accord, dit-il.

Quand il se redresse, ses yeux trahissent la même inquiétude. Je lui ai fait du mal en le renvoyant. Mais j'ai juste envie d'en finir avec ces fichus tests.

Je suis tentée de le rappeler lorsqu'il s'éloigne, mais mon attention est attirée par le médecin. C'est une femme d'une cinquantaine d'années, avec des cheveux argentés coupés au carré et une paire de lunettes bleues. Tout semble parfaitement normal. Pourtant mes sens sont en alerte…

— Allongez-vous sur la table d'examen, dit-elle en prenant quelque chose sur son plateau. Vous pouvez mettre une blouse, ou simplement relever votre robe pour exposer votre ventre. Je suppose que vous voulez vite sortir d'ici et retourner dans votre confortable palais…

Je fais ce qu'elle dit et elle vient vers moi. Je me demande pourquoi la seringue est déjà pleine, alors qu'il s'agit d'un prélèvement… Mais avant que j'aie le temps de réagir, elle m'enfonce l'aiguille dans la peau, appuie sur le piston et remplit mes veines d'un liquide jaune.

J'inspire, trois fois, très vite.

Ça brûle. J'aimerais savoir pourquoi. Ma vision devient floue. Je veux crier mais je n'y arrive pas. Je panique. Une drôle de lourdeur pèse sur mes membres.

Je voudrais me battre. Ou respirer.

— Mission accomplie, dit-elle en se touchant l'oreille.

Cette fois-ci, elle n'a pas l'accent chantant d'Edenvale, mais celui plus lourd de Nightgardin. Et alors que tout devient sombre, je comprends l'horrible vérité.

Une Garde noire.

Quelle stupide naïve je suis d'avoir pensé que

je pouvais être en sécurité quelque part ! Je dois faire appel à toute ma volonté pour poser les mains sur mon ventre.

La porte s'ouvre et deux silhouettes font irruption dans la pièce, mais je suis incapable de les reconnaître. Ma vision s'assombrit, chaque respiration m'épuise. Je ne peux pas bouger.

J'entends une voix masculine crier… Je l'ai déjà entendue, mais où ?

— Ici ! Nom d'un chien, ils lui ont injecté du lait de pavot noir. Comment diable ont-ils découvert ça ? Peu de gens connaissent ses propriétés, et si Nightgardin est au courant, c'est qu'on est face à plus puissant que je ne l'avais imaginé.

Il lâche un juron.

— Appliquez cet antidote sur ses lèvres ! Il n'y a pas une seconde à perdre !

— Je m'en occupe.

Damien ?

L'une des silhouettes fait couler quelque chose sur mes lèvres gelées. Un goût amer envahit ma bouche, c'est pire que de l'huile de ricin. Et mon adorable petit ourson ? Comment va-t-il s'en sortir ?

— Cela doit anéantir les effets paralysants en quelques minutes, dit l'autre voix.

Je suis presque sûre que c'est X. Des cris et des bruits de bagarre s'ensuivent, j'entends des appels étouffés.

— Écoutez-moi, princesse, je sais que vous m'entendez, poursuit X, dont je visualise peu à peu les traits à mesure que ma vision s'éclaircit. Votre enfant ira bien. L'injection n'aura pas de répercussion sur lui, ni l'antidote, qui va vous rendre très vite vos facultés de mouvement. Cependant, je dois vous prévenir que le pavot noir laisse derrière lui une foule d'effets secondaires… Que l'on pourrait qualifier… d'aphrodisiaques.

Je réussis à serrer et desserrer mes doigts, puis, enfin, je peux m'asseoir.

— Vous êtes sûr que le bébé n'aura rien ?

D'un bras, il saisit par le cou la femme qui m'a injecté le produit et je ne sais pas ce qu'il lui fait au juste, mais elle devient aussitôt molle comme une poupée de chiffon.

— Ne vous inquiétez pas, princesse, me dit-il en s'apercevant que je suis horrifiée. Elle est juste évanouie. Elle ne ressentira rien pendant un certain temps, contrairement à vous.

En même temps qu'il me parle, je sens une explosion de chaleur au plus profond de mon ventre. Un désir intense s'empare de moi, et son épicentre est entre mes cuisses. Jamais je n'ai éprouvé une envie sexuelle aussi dévorante.

— Il faut la ramener au palais au plus vite, ordonne X à Damien. Et celle-là, je l'emmène à la Cave pour que l'Ordre puisse l'interroger. Si la Garde noire lui a injecté le pavot, c'est que ces gens voulaient Juliet vivante… et je dois découvrir pourquoi.

— Vas-y, et fais-lui regretter d'être née ! gronde Damien.

— Faites-moi confiance et concentrez-vous sur votre mission. Vous allez être très occupé pour un petit moment. Mais rassurez-vous, un seul orgasme peut contrecarrer les effets du poison, à condition qu'il soit assez puissant.

Il me semble qu'il dit encore quelque chose, mais mes gémissements m'empêchent de l'entendre. La Garde noire a échoué dans sa mission, mais l'effet secondaire auquel X fait allusion me paraît presque aussi mortel.

Mon dos se cambre, mes hanches ondulent. Si mon prince ne vient pas vite m'offrir l'antidote à ce nouveau poison, je vais mourir… de désir.

15

Damien

Je porte Juliet jusqu'à un ascenseur réservé au personnel. Elle se trémousse dans mes bras, s'enroulant autour de moi comme une liane.

— Qu'est-ce qui m'arrive ? me demande-t-elle, paniquée.

— Ce sont les séquelles du poison qu'elle t'a injecté, dis-je, les dents serrées par la rage.

Car je me suis éloigné d'elle alors que mon instinct me dictait de rester. Je l'ai mise en danger. Si X n'avait pas découvert le vrai généticien assommé dans la cage d'escalier, où serait Juliet maintenant ? Quels sévices lui infligerait la Garde noire à l'heure qu'il est ?

— Comment ont-ils pu m'atteindre ? demande-t-elle, avant d'étouffer un feulement voluptueux contre mon cou.

La situation nous échappe à tous les deux.

— Ils ont infiltré l'hôpital en sachant qu'à un moment ou à un autre nous serions obligés d'y venir, étant donné ton état. La sécurité du palais a été renforcée, mais on n'avait pas prévu cette possibilité, dis-je avec un rire amer.

— Damien ! S'il te plaît ! supplie-t-elle en se retournant dans mes bras pour accrocher ses jambes à mes hanches. Fais quelque chose… Il faut que ça cesse…

Je n'arrive pas à réfléchir, alors j'appuie sur le bouton d'urgence et l'ascenseur s'immobilise sur-le-champ.

— Qu'est-ce qui doit cesser ?

Elle est mortifiée, ses joues sont rouges comme jamais.

— Je dois jouir, dit-elle en se frottant contre moi comme une chatte en chaleur.

Mon sexe se dresse, mes instincts mâles prennent le dessus.

— Je te veux en moi, mon prince… Comble-moi, fais-moi jouir ou je te jure que ce… que cette chose va me tuer !

Elle se jette sur la braguette de mon jean et l'ouvre comme si elle voulait la déchirer.

— Tout de suite, halète-t-elle. Prends-moi tout de suite !

Elle retrousse sa robe et je découvre qu'elle ne porte rien en dessous.

Bon sang !

Elle saisit mon sexe et le glisse entre ses jambes en ondulant des hanches. Elle est trempée.

Je lâche un juron.

Elle gémit de plus belle.

— Prends-moi !

Ah non ! Je ne la prendrai pas comme ça, dans un ascenseur, à la hussarde. Même pour l'aider, je ne peux pas perdre le contrôle. J'ai déjà failli à mon devoir envers elle, comme j'avais failli à mon devoir avec Victoria. J'en étais sûr, puisque je ne suis pas fiable. Mais du plaisir, je peux lui en donner. Je peux la délivrer. Elle mérite amour et protection, mais je ne suis bon qu'à une chose.

— Tourne-toi !

Elle ravale un sanglot et se fige, encore tremblante. Son regard est plein d'incompréhension.

— Mais je croyais… qu'après hier soir… et qu'après avoir vu notre bébé… Damien, je sais que tu ne te souviens pas de nous, mais je sais aussi que tu ressens quelque chose.

— Je ne ressens que du regret, princesse. Parce que je détruis tout ce que je touche. Je détruis tout ce qui est bon et pur. Ma famille vous protégera, toi et cet enfant, sois-en certaine ! Et moi, je retournerai à ma vie d'exil, pour sa sécurité et la vôtre.

Elle me tourne le dos maintenant, mais elle se presse contre mon érection.

— Fais ce que tu sais faire, alors, siffle-t-elle avec une résignation amère. Donne-moi ce dont j'ai besoin et fais ce que tu sais si bien faire. Fuis !

Puis elle tend la main pour attraper la mienne et la dirige entre ses jambes. Nous tremblons tous les deux. Je caresse son clitoris enflé. Ses gémissements vont crescendo, elle frotte ses jolies fesses contre ma queue.

— Viens ! ordonne-t-elle. Fais quelque chose !

Je plonge un doigt en elle, puis deux, puis trois. Elle agrippe mon poignet pour que j'aille encore plus loin. Déchaînée, elle chevauche ma paume comme aucune femme ne l'avait jamais fait. Elle ruisselle, et je maudis X de ne pas m'avoir préparé à ce qui allait se passer.

Mon sexe presse contre ses fesses. Je pourrais la pénétrer comme ça. Dans son état, elle me laisserait tout faire, même dépasser cette dernière barrière.

Mais c'est une limite que je ne pourrais jamais franchir. La prendre comme ça pourrait lui faire croire qu'elle n'est pas différente des autres femmes que j'ai connues après Victoria. Et j'aurais à porter la honte de l'avoir blessée d'encore une autre façon.

Je glisse mes doigts hors d'elle pour m'occuper de son clitoris. Elle crie, frustrée, la main en arrière pour attraper mon sexe :

— Fais-le, Damien ! Fais-le, putain !

Ce n'est pas la voix de ma Juliet. Ce n'est pas la mère de mon enfant, ce n'est pas la femme que j'aime.

Parce que j'aime Juliet, bon sang, même si je suis plus dangereux pour elle que le poison.

Je l'amène à l'orgasme juste avec ma main, et quand elle en a fini de s'agiter et de gémir, elle se laisse aller contre moi, défaite, molle, sans forces. Je l'étreins tendrement, le temps qu'elle recouvre l'usage de ses jambes. Puis, quand je la sens capable de tenir debout, je remonte mon pantalon, rhabillant mon sexe dressé à l'extrême, si tendu que j'en ai mal.

— Damien, me dit-elle dans un souffle tremblotant.

— Est-ce que ça va ?

Ma voix aussi est rauque. Elle hoche la tête, soupire.

— Tu mérites mieux, lui dis-je, parce que c'est la vérité, la seule vérité qui vaille. Et maintenant, nous devons vous mettre en sécurité, toi et le bébé.

Je fais repartir l'ascenseur, et ce n'est que lorsque nous atteignons le rez-de-chaussée qu'elle rompt le silence.

— Je sais ce qui te tourmente, dit-elle. Et tu n'y es pour rien.

Ma gorge se noue.

— Tu ne comprends pas, Juliet. Je détruis tout et tout le monde. Je dois arrêter, il faut que ça cesse.

— Qu'est-ce que tu veux dire ? Damien… ?

Je marque une pause, ce que je dois dire m'arrache le cœur.

— Ma famille s'occupera de vous deux et vous protégera. Mais tu seras une princesse sans prince. Ce n'est pas comme si j'avais été officiellement réintégré à la vie de la cour. Ce sera mieux pour tout le monde si le bannissement est maintenu. Je suis désolé.

Les portes s'ouvrent, et il y a devant nous une foule de gardes. Mais ce ne sont pas ceux d'Edenvale.

— Bonjour, princesse, lance l'un d'eux d'un ton moqueur que je suis certain d'avoir déjà entendu. Nous vous attendions.

Juliet ouvre la bouche pour crier, mais l'un des vigiles de sa mère la sort brutalement de la cabine en lui couvrant la bouche avec sa grosse main.

— Amenez-la à la voiture, croasse l'autre. Et faites gaffe, elle mord !

Il ouvre et ferme sa main plusieurs fois, et je remarque les cicatrices qui la marquent. Quoi qu'il se soit passé avant que Juliet ne s'échappe pour venir me chercher, ce salaud a posé ses mains sur elle. Et elle le lui a fait payer.

Elle se débat avec la force du désespoir, et son courage me galvanise. Je me jette sur l'homme qui la tient et lui flanque mon poing dans la figure. Je sens craquer son nez sous l'impact.

On m'assène un violent coup sur le côté — sur mes côtes cassées — et je m'effondre par terre, le souffle coupé.

Le chef de meute se tient au-dessus de moi, souriant.

— C'est reparti pour une danse, jeune prince ?

Il jette un coup d'œil par-dessus son épaule vers Juliet et les brutes qui la retiennent.

— Laissez-la regarder, cette fois. Qu'elle voie ce qui l'attend ce soir sur la place publique.

Je rugis de douleur et j'essaie de me lever, mais l'homme sort son pistolet et m'assène un coup de crosse. Juste avant que tout devienne noir, j'entends Juliet crier.

Juliet

Dans ma vie, j'ai connu l'ennui qui assomme l'âme. J'ai bu la coupe de la solitude jusqu'à la lie. J'ai senti la morsure de la passion qui me déchirait entre agonie et extase. Et j'ai connu la sensation bouleversante, presque mystique, d'aimer et d'être aimée en retour.

Mais je n'ai jamais connu la haine — la véritable haine — avant ce moment. La bile me brûle la gorge pendant que je me bats comme une lionne acculée par une horde de chacals. Je me bats pour beaucoup plus que ma propre vie. Il s'agit de mon enfant à naître et de Damien, qu'ils ont assommé et jeté sur le sol froid de l'ascenseur comme une serpillière.

Le garde qui s'occupe de moi me retourne contre sa poitrine pour mieux me maîtriser. L'odeur âcre de son corps me révulse. Il empeste la saucisse et l'eau-de-vie. Sans hésiter, j'enfonce mes dents dans son torse jusqu'à sentir à travers le tissu grossier sa chair épaisse.

Contrairement au corps puissant de Damien, toujours protecteur et rassurant, cet homme ne dégage que cruauté et bassesse. Il veut me faire du mal, et ma seule chance consiste à attaquer en premier. Donc je serre les dents de toutes mes forces.

Il mugit et je bouge la tête en tous sens pour qu'il ait encore plus mal. Je ne sais pas ce qui me prend, je sais seulement que je vois rouge, littéralement.

Je suis mue par mon instinct animal, prête à tout pour défendre mon enfant. C'est à peine si je sens quand l'homme m'empoigne les cheveux pour m'arrêter. Mes yeux brûlent de larmes, je sens des mèches céder, arrachées à mon cuir chevelu, mais je ne desserre pas les dents. Je cherche à gagner du temps, des secondes qui pourraient s'avérer précieuses, pour mon bébé et pour moi. Je veux croire que, d'un moment à l'autre, des membres de l'Ordre vont arriver à la rescousse. La peur étrangle mon cœur, froide comme le corps d'un serpent. La dernière fois que la Garde noire s'en est prise à Damien, il a payé le prix fort. Est-ce qu'il pourra survivre à cette nouvelle agression ?

Soudain, un bruit lourd de métal qui cogne sur un crâne. Le mien. Tout est blanc, puis noir, et mon corps se ramollit, un liquide visqueux glisse le long de mon cou. On me fourre dans l'obscurité étroite d'un coffre de voiture et un homme me fixe d'un sourire narquois, une matraque en acier à la main.

— Il est temps de rentrer à la maison, Votre Altesse, ricane-t-il avant de rabattre le capot.

J'ouvre la bouche pour hurler, mais je ne parviens à pousser qu'un faible miaulement avant de perdre complètement conscience.

Je ne sais pas combien de temps je reste dans ce coffre. De temps en temps, il me semble me réveiller, incapable de voir quoi que ce soit, pas même ma main devant mon visage. Tenant mon ventre, je fredonne des bribes de berceuses de mon pays. Ce ne sont pas des chansons que ma mère me chantait, mais celles que murmuraient mes nourrices pour me réconforter quand j'étais petite. Les paroles sont jolies et simples, elles parlent des montagnes et de la neige, de lutins rieurs et de fleurs sauvages.

— C'est un endroit magnifique, je chuchote avant de replonger dans le néant.

C'est ainsi que se passe le trajet de retour jusqu'à

mon pays natal — dans le coffre d'une voiture, à osciller entre conscience et inconscience.

Oui, Nightgardin est une terre farouche et intemporelle, sculptée dans des glaciers millénaires par des rivières sauvages. Son peuple est bon et travailleur, même si la classe dirigeante est corrompue jusqu'à la moelle. Si je parviens à survivre aux épreuves à venir, et c'est un grand *si*, je trouverai le moyen de transformer la monarchie en une institution dont mon peuple pourra être fier de nouveau. Où les jeunes filles seront respectées et éduquées comme les égales des garçons.

Mais d'abord, je dois vivre assez longtemps pour vaincre mes parents.

Le coffre s'ouvre enfin et je me redresse, morte de soif, une douleur sourde dans la tête et les cheveux collés par mon propre sang.

Je regarde autour de moi, je connais bien cet endroit : ce sont les écuries de Nightgardin. Un lieu où je venais me cacher pour me sentir libre. Ce sera peut-être celui de ma perte.

— Ma chérie ! s'écrie une femme dans l'ombre, avant de s'avancer vers moi.

Ma mère. Elle est délicate comme une madone de la Renaissance avec ses longs cheveux épais et ses traits fins. Mais rien de maternel dans ses yeux, pas la moindre trace de compassion ou d'amour.

— Qu'as-tu fait, Mère ?

J'ai parlé fort, comme si une voix féroce pouvait cacher le fait que mes jambes me soutiennent à peine. Une fourche est appuyée au mur du box tout proche, celui de mon étalon préféré, Loratio. Si je l'attrape, je pourrai… je pourrais…

Son regard a suivi le mien.

— Voyons, tu ne tuerais pas ta propre mère ? lance-t-elle avec un sourire pâle.

— Non, je réponds d'une voix étranglée. Je ne suis pas comme toi.

— C'est exact. Tu n'es pas comme moi.

Elle me contemple de ses yeux froids et morts. Puis elle claque des doigts et les brutes de la Garde noire réapparaissent.

— Ligotez-la ! ordonne-t-elle. Et mettez-la dans la stalle vide à côté de Loratio.

— Qu'est-ce que tu vas me faire ?

— Moi ? demande-t-elle en ajustant sa longue robe grise avec une expression attristée. Mais rien, mon enfant. La Garde noire, cependant, montrera au peuple ce qu'il arrive à ceux qui trahissent le royaume. Parce que c'est bien ce que tu as fait… N'est-ce pas, ma chérie ?

— Tu es folle…

Elle sourit doucement, bien qu'il n'y ait pas une seule once de douceur dans son corps. Ni dans son âme.

— Absolument pas, mon enfant. Je suis une femme qui sait ce qu'elle aime et, dans mon cas, c'est le pouvoir. Je pensais qu'on pourrait t'apprivoiser, éteindre l'étincelle de rébellion qu'on a décelée chez toi dès le départ. Mais quand tu t'es enfuie, j'ai su que tu resterais incontrôlable.

— Alors tu as décidé de me tuer et de mettre ça sur le dos de Wartson.

— Bravo, Juliet ! Tu as beaucoup appris pendant ton absence, remarque-t-elle avec un sarcasme velouté. Tu aurais pu faire une excellente reine si j'avais accepté de t'abandonner le trône.

Oh ! Dieu, ce rire cruel !

— Vous ne pourrez pas vous débarrasser de moi, Mère. La Garde noire m'a enlevée sous les yeux de Damien. Il a tout vu, même quand vos serviteurs l'ont battu brutalement encore une fois. Bientôt, tout le royaume saura que sa reine n'est pas une reine du peuple, mais une sorcière impitoyable et sans cœur qui ne se soucie que d'elle-même.

Je dois garder foi en Damien, je veux croire qu'il viendra me chercher même après ce qui s'est passé entre nous dans l'ascenseur. Il a failli me prendre par-derrière et cela veut dire je ne compte pas plus pour lui que toutes ces femmes qui sont venues après Victoria. Mais je sais aussi qu'il a promis de protéger notre enfant, et je sais qu'il y tient autant que moi. Si ce n'est pas moi qu'il aime et qu'il veut sauver, il viendra au moins chercher son héritier.

Elle hausse les épaules alors que ses sbires attrapent mes bras.

— Quelle importance, quand c'est lui qui a souillé la future reine de Nightgardin ? Dans ce pays, mes sujets ne se soucient que d'une seule version de la vérité… La mienne. Le reste n'est que fausses rumeurs.

Déjà, les hommes me traînent vers l'étable. Je crie :

— Où est mon père ? Où est-il ?

De mes deux parents, il a toujours été le plus gentil. Ce qui n'est pas beaucoup dire, mais je ne peux imaginer qu'il approuve le meurtre de son unique enfant dans l'espoir de régner à jamais — pas quand on pourrait me faire enfermer dans une tour jusqu'à ce que le monde oublie mon existence. C'est un destin inimaginable, mais au moins mon enfant vivrait.

— Je l'ai fait enfermer, répond-elle, comme pour confirmer mes craintes. Mon époux est à la prison du palais, le temps pour lui de décider s'il est avec moi, la véritable fille de Nightgardin, ou contre moi.

Elle se détourne et commence à s'éloigner.

— S'il existe une fontaine, tu ne la trouveras jamais ! je lance pour la défier. La famille Lorentz est protégée par une force contre laquelle tu ne pourras jamais rien ! Tu ne gagneras pas, quoi que tu fasses. Même si tu nous tues, ton petit-fils et moi.

Elle se tourne vers moi, une vipère prête à mordre.

— Tu crois vraiment que l'Ordre pourra les protéger ? Nous avons déjà éliminé leurs membres dans le passé et nous le ferons à nouveau.

Elle revient vers moi avec une colère que je ne lui ai jamais vue. La gifle fouette mon visage sans que j'aie eu le temps de l'anticiper. Je crie, un goût de sang dans la bouche.

— Bâillonnez-la ! lâche ma mère sans même se retourner. Que ma fille passe ses dernières heures sur cette terre dans la réflexion silencieuse sur ses nombreux péchés.

16

Damien

Couché sur un sol froid et dur, j'ai l'impression d'une chute sans fin. J'ai le ventre en vrac et la douleur à ma tête me relance.

Des bribes d'images jaillissent sur l'écran de mes paupières closes comme un étrange kaléidoscope.

Une blessure sur le genou de Juliet.

Juliet avec moi dans l'Alfa Romeo, ma main entre ses jambes.

Juliet nue, belle et confiante dans le penthouse de l'hôtel, mes mains sur elle, mes doigts en elle.

Juliet qui m'assure qu'elle n'est pas fertile, qu'on n'est pas obligés de mettre une protection.

Pris d'un haut-le-cœur violent, je me dresse à genoux avant de retomber en avant. Je me bats contre la nausée, contre la douleur lancinante dans ma tête. Puis je m'accroche à la barre qui fait le tour de la cage dans laquelle je me trouve — l'ascenseur de l'hôpital — et je parviens à me mettre debout juste au moment où la porte s'ouvre.

— Mon Dieu, Damien ! Qu'est-ce que tu as encore foutu ?

Mon frère Nikolaï et sa femme, la princesse Kate, me regardent avec les yeux exorbités. Kate est la première à réagir.

— Il est blessé, Nikolaï ! Aide-le !

Je porte une main sur la tempe où l'autre salaud m'a assommé avec son arme. Le sang coule abondamment de la blessure encore ouverte.

— Juliet, dis-je, la bouche sèche et la voix rauque. Ils ont emmené Juliet. Il faut la retrouver tout de suite.

Je sors de l'ascenseur pour trébucher au pas suivant. Nikolaï m'attrape par les épaules et me redresse juste avant que je ne touche le sol.

— Nightgardin ? demande-t-il, et je hoche la tête.

— Il a besoin de points de suture, estime Kate. Il faut le descendre aux urgences.

— Non, dit Nikolaï. S'ils ne l'ont pas tué, c'est parce qu'ils voulaient qu'on le retrouve. Il y a peut-être encore des gardes noirs qui attendent aux urgences pour nous cueillir. On peut le soigner à la maternité, comme partout ailleurs.

Je remarque alors des pleurs de bébé, des couleurs pastel, des affiches avec des nounours et des cigognes.

Mon regard passe de Kate à Nikolaï, de Nikolaï à Kate. Les joues de Kate s'empourprent.

— Les félicitations sont de rigueur, il semblerait ? Tu es enceinte ?

— À peine deux semaines de moins que Juliet, acquiesce ma belle-sœur avec un sourire ravi.

— Les cousins pourront grandir ensemble dans le palais, ajoute Nikolaï en souriant.

Son premier sourire en ma présence depuis mon retour.

J'ouvre la bouche pour répondre, mais il m'en empêche.

— Quelqu'un approche, dit-il. Tu peux marcher ?

Je hoche la tête, même si j'ai l'impression d'être sur le point de m'écrouler.

— Je vais faire diversion, indique Kate. Conduis-le en lieu sûr !

— Juliet, je répète, en m'appuyant contre le mur pour lutter contre les vertiges qui menacent de me mettre à terre.

— Elle est en sécurité, affirme Nikolaï. Du moins jusqu'à la tombée de la nuit.

Sans rien m'expliquer de plus, il me conduit par un petit couloir jusqu'à une porte dont il tourne la poignée. Elle est verrouillée. Comme si c'était la chose la plus naturelle du monde, il sort un petit outil pointu de sa poche et le glisse dans la serrure. La porte s'ouvre.

Nous nous retrouvons dans une sorte de placard… Non, une salle de stockage. Nikolaï éclaire. Je m'étonne du contenu des étagères :

— Des fournitures chirurgicales ?

— Tu ne peux pas partir comme ça, m'explique-t-il avec une expression inquiète. L'entaille est profonde. Si tu continues de saigner, tu risques de perdre connaissance au volant…

Je me racle péniblement la gorge pendant qu'il se

sert sur les étagères. Peroxyde d'hydrogène. Iode. Gaze. Une aiguille chirurgicale et du fil.

— Je sais que tu crois que j'avais bu, dis-je enfin, prenant mon courage à deux mains. Tu as besoin d'une explication nette sur les raisons de ma fuite avec Victoria cette nuit-là… Mais tu connais la vérité : tu sais qu'elle n'est pas partie avec moi contre son gré. Et tu sais aussi que je ne l'aurais jamais mise en danger. Si j'avais su que l'orage arrivait, que la chaussée serait si glissante…

Sa mâchoire se serre tandis qu'il continue à préparer le matériel.

— Elle est morte, Damien. Tu ne crois pas que c'était déjà assez dur qu'elle te préfère à moi ? Ça ne change rien au fait que je l'aimais et que je l'ai perdue deux fois en une nuit. Mais je ne te laisserai pas mourir pour ça.

Il enfile une paire de gants en latex et nettoie la plaie au-dessus de mon œil, sans me regarder directement. Alors je l'attrape par le col de sa chemise pour le forcer à le faire.

— Je l'aimais aussi, Nikolaï. Je l'aimais, je l'ai perdue et je n'avais même pas le droit de la pleurer ! Au moins, tu as eu ce droit, toi. Et maintenant tu as Kate. Et un bébé en route. Je suis désolé pour ce que j'ai fait, je le serai toute ma vie, mais je ne peux rien y changer. On ne peut pas revenir en arrière. C'est une malédiction, je suis un poison pour tous ceux que j'aime. Je n'arrive pas à y échapper. Mais tu peux au moins reconnaître que j'ai souffert moi aussi.

— Ça va faire mal, prévient-il en levant la seringue.

Il insère l'aiguille sous ma peau et je siffle à travers mes dents serrées. Tout de suite, ça va mieux, le picotement froid de l'anesthésiant fait vite son effet.

J'ironise :

— Et moi qui pensais que tu me recoudrais à vif… Où diable as-tu appris ce petit tour ?

Les coins de sa bouche frémissent.

— Passe un peu de temps avec X, mon frère, et tu apprendras une chose ou deux, répond-il en commençant à suturer la plaie.

— C'est lui qui t'a appris à crocheter les serrures ?

— Non. J'ai appris ça à l'âge de treize ans pour pouvoir descendre dans la cave du palais. Je voulais goûter le vin.

L'aiguille s'enfonce dans une zone pas tout à fait engourdie et je sursaute.

— Désolé, dit-il d'un ton sincère. Mais il faut qu'on te soigne et qu'on te sorte d'ici.

— Comment tu sais que Juliet est en sécurité ?

La mâchoire de mon frère se contracte, un tic nerveux discret.

— X m'a appelé pour m'expliquer ce qui s'est passé après l'échographie. Il voulait s'assurer que Kate et moi étions en sécurité, parce qu'il nous savait ici aussi. Il a parlé d'une émission en direct que Nightgardin préparait pour ce soir, mais il a supposé que cela n'avait rien à voir avec Juliet puisqu'elle était en sécurité…

Je grogne, accablé.

— Sauf qu'elle ne l'est pas… Nikolaï, par trois fois,

je l'ai laissée tomber. Deux fois rien qu'aujourd'hui et la première, quand ils me l'ont enlevée à Nightgardin.

Mon frère écarquille les yeux.

— Tu t'en souviens ?

Il noue un autre point, et j'acquiesce d'un battement de cils.

— Elle porte mon enfant. J'en suis sûr.

— Mais tu *l'aimes,* affirme-t-il en comprenant enfin ce que je n'ai pas encore avoué.

— Depuis l'instant où je l'ai vue après le Rallye de Nightgardin. Mais maintenant, avec ce qui s'est passé avant l'arrivée de la Garde noire, elle doit penser…

— Terminé, dit Nikolaï. Onze points de suture. Tu as perdu beaucoup de sang, mais les vertiges devraient bientôt cesser.

Il sort quelque chose de sa poche et le place dans ma paume.

La clé de l'Alfa Romeo.

— Je te l'ai empruntée pour faire un petit tour ce matin, m'informe-t-il avec un clin d'œil. Elle est garée derrière l'hôpital. Kate et moi appellerons une voiture pour le retour.

— Qu'est-ce qui te fait croire que je n'échouerai pas, cette fois-ci ?

Il hausse les épaules.

— Il est temps que j'admette que j'ai moi aussi fait du tort à Victoria. Je savais qu'elle était malheureuse, mais je refusais de croire qu'elle pouvait vouloir autre chose que ce que je lui offrais : la chance d'être reine. La couronne est tellement importante dans ma vie qu'il m'a fallu du temps pour comprendre que d'autres choses aussi pouvaient compter.

— Tu ne vas pas me faire une leçon sur les mérites de l'Amour avec un grand A ?

Il enlève les gants dans un claquement et croise les bras.

— C'est toi qui vis la légende de Maximus et Calista, rétorque-t-il. Va sauver ta princesse, mais épargne-nous l'épisode du Saut des Amants. S'il te plaît !

Je regarde la clé de l'Alfa dans ma paume.

— Je ne passerai jamais la frontière de Nightgardin dans une voiture de course. Ils m'entendront venir à des kilomètres.

Une sonnerie retentit alors et Nikolaï sort son téléphone de sa poche pour consulter l'écran, qu'il tourne vers moi avec un sourire. Un message de X.

> Veuillez informer le prince Damien qu'un autre moyen de transport l'attend à la frontière entre Rosegate et Nightgardin. Bonne chance et bonne route.

Comment diable a-t-il su… ?

— Il ne faut jamais douter des compétences inimitables de notre ami X, commente Nikolaï.

— Merci, mon frère, lui dis-je, avant de partir en courant vers la cage d'escalier.

Hors de question de prendre à nouveau l'ascenseur.

Un instant plus tard, je suis derrière le volant — ce volant que j'ai tant de fois saisi en espérant trouver la mort. Mais aujourd'hui, j'ai un tout autre objectif. À l'extrême opposé.

Avant de démarrer, je jette un coup d'œil dans le rétroviseur pour vérifier le travail de mon frère. Je suis blessé, en sang et marqué de cicatrices qui me rappellent les erreurs que j'ai commises. Mais je ne suis plus un homme brisé et sans perspective, pas si Juliet croit encore en moi. Je dois juste arriver à temps.

Heureusement que je sais conduire vite.

Juliet

Une souris brune court furtivement le long du mur de l'étable vers le sac de granulés dans le coin. Normalement, sa présence devrait m'emplir de terreur, je devrais hurler et partir en courant. Mais je n'arrive même plus à trouver l'énergie pour la regarder grimper et festoyer dans l'avoine. Il s'avère qu'il y a dans ce monde des dangers bien plus effroyables qu'un rongeur de la taille d'un Chamallow.

Et ce soir, je devrai les braver.

Nightgardin n'a jamais signé aucun traité international contre la torture. Malgré le lobbying intense de la part des groupes de défense des droits de l'homme, la couronne a fermement maintenu sa position : aucun organisme extérieur ne réglementerait *jamais* les activités du royaume. Le pays est sous l'autorité directe du monarque… Et dire que j'envisageais de changer cela le jour où je monterais sur le trône ! Dire que j'espérais tourner notre petit pays vers l'avenir et lui faire embrasser le changement !

Mais je n'aurai jamais cette chance. Ma mère a l'intention de gouverner pour l'éternité.

Une larme de rage glisse le long de ma joue, sœur transparente du filet de sang qui coule le long de mes bras. La chair de mes poignets est déchirée après mes tentatives de me libérer des cordes qui maintiennent mes mains au-dessus de ma tête. Je ricane, amère. Je voudrais rendre mon pays plus libre alors que je suis incapable de sortir de mes propres écuries.

Je ressens un spasme au ventre, une contraction musculaire. Ce n'est pas le bébé qui remue, il est encore beaucoup trop petit, mais la sensation est persistante.

Un scintillement.

Une flamme.

J'ai beau vouloir me résigner à ma fin prochaine et essayer de me préparer à l'horreur à venir, je ne peux ignorer ce sentiment qui m'apporte sa chaleur.

C'est l'amour. Mon amour pour Damien. Mon amour pour l'enfant que nous avons conçu pendant ces trois nuits de passion. Mon amour pour ce que nous pourrions vivre, si seulement il y avait un moyen d'y parvenir.

Même dans toute cette obscurité, l'amour — auquel je n'avais jamais voulu croire — résiste, solide comme un phare dans la tempête.

J'inspire profondément et je relève le menton, je veux rester digne, même dans ce cauchemar. Je ne sais pas comment je vais survivre à cette nuit, mais je dois essayer d'y croire. Même si la Garde noire prend ma vie dans quelques heures, ils ne pourront pas me prendre cet amour.

Et il faut que ça compte pour quelque chose.

Des pas lourds de bottes sur les dalles se rapprochent. Ils s'arrêtent devant l'écurie.

Un tambour retentit, lugubre.

Le tambour des exécutions.

Quatre soldats de la Garde noire entrent dans l'écurie, le visage couvert par des cagoules noires. J'ai entendu parler des exécutions publiques de Nightgardin. Elles ne sont pas courantes, heureusement. C'est le sort qu'on réserve à ceux qui commettent les pires offenses contre l'État. Il y en a eu quelques-unes pendant mon enfance, mais je n'y ai jamais assisté. À l'époque, je pensais que mes parents souhaitaient protéger mon innocence. Je me rends compte maintenant qu'ils voulaient tout simplement éviter que j'apparaisse en public. Si le peuple ne me voyait pas, il finirait par oublier mon existence.

Je me redresse d'instinct quand l'un des hommes sort une lame tranchante d'un fourreau, même si je sais qu'ils ne me feront aucun mal avant que les caméras soient braquées sur moi. Il coupe les liens et mes bras retombent, lourds comme une condamnation à mort.

— Elle s'est battue comme une furie tout à l'heure, dit l'homme à côté de lui. Elle a envoyé le capitaine Augustin à l'hôpital pour se faire recoudre.

Je n'arrive pas à réprimer un sourire à cette nouvelle.

— On devrait la museler, grogne quelqu'un.

— Ou lui casser les dents, dit le plus gros en faisant craquer les articulations de ses doigts.

— Assez !

Un cinquième homme vient d'entrer dans l'écurie. Il a un creux couvert de peau morte là où devrait se trouver son œil gauche, une vilaine cicatrice déforme la moitié de son visage.

— Vous connaissez les ordres, poursuit-il. La princesse doit rester indemne jusqu'au début de l'émission.

Ah oui. Il y a un rituel pervers pour ma mise à mort. Le protocole doit être respecté.

L'homme borgne m'attrape le bras et je lui crache au visage.

Je ne vais pas leur faciliter la tâche.

Mais il me jette par-dessus son épaule comme un vulgaire paquet et se met en route. Loratio, mon étalon, souffle et piaffe à notre passage. Mon noble Loratio…

J'ai beau cogner contre le dos et les épaules de ce type, il n'en fait pas plus cas que si j'étais une mouche.

Quelques minutes plus tard, nous nous arrêtons au pied d'une plate-forme drapée de velours violet aux armoiries de Nightgardin. Dessus, deux chaises à dossier haut, l'une vide, l'autre occupée par ma mère. Vêtue de blanc de pied en cap, les cheveux tirés en un chignon sévère, elle a le visage sombre.

Elle a l'air aussi lointaine et impitoyable que le Dieu de l'Ancien Testament.

Elle se lève pour parler.

— Bon peuple de Nightgardin, c'est le cœur lourd que nous nous réunissons ici ce soir pour témoigner de ce qui arrive à ceux qui trahissent la couronne. Personne n'est au-dessus de la loi, du fermier dans les champs à notre propre enfant dans le palais. Un crime contre l'État est un crime contre nous tous, et la peine pour trahison est… la mort. Princesse Juliet, en tant que reine de Nightgardin, je vous condamne à cent coups de fouet pour vos crimes. Après quoi votre corps sera brûlé, que vous soyez morte ou vive, dans une tentative de purification. Que Dieu ait pitié de votre âme…

Le tambour bat trois fois et elle reprend place sur son trône. Mon père n'est pas là. Il n'a pas dû céder. Peut-être qu'il brûlera demain soir, lui.

La foule est étrangement silencieuse. Je sens des milliers d'yeux sur moi. Ce calme ne durera pas longtemps. Je ne pourrai pas supporter cent coups de fouet, et encore moins le feu, sans crier. Mais je ne donnerai pas à ma mère le spectacle qu'elle désire.

— Un mot, Mère.

Ma voix est assurée. Le public s'agite, surpris. De mémoire d'homme, personne n'a jamais répondu à la reine dans notre royaume.

— Vous pouvez brûler mon corps ce soir, mais il y a une flamme que vous ne pourrez jamais éteindre, celle de l'amour que je porte à mon mari, Damien, prince d'Edenvale, et à notre enfant à naître, dont vous étoufferez la vie aussi. Certains feux brûlent trop fort. Que Dieu ait pitié de votre âme pour avoir tenté d'éteindre un amour pur.

Des murmures s'élèvent de la foule. Même au sein de mon escorte armée, je sens une hésitation.

Mère se lève à nouveau.

— Gardes, continuez, ordonne-t-elle d'une voix haut perchée.

La cérémonie ne se passe pas comme elle l'avait prévu. Elle s'attendait à ce que j'accepte mon destin comme un agneau sacrificiel. Au lieu de cela, j'ai montré une audace qu'elle ne me connaissait pas — une audace que moi-même j'ignorais posséder avant de rencontrer Damien Lorentz, prince banni de notre ennemi juré, Edenvale.

J'ai été une bonne fille, sage et docile, pendant bien trop longtemps, et voilà où cela m'a menée. Il est temps pour moi d'être une femme forte, qui ne tombe pas sans se battre.

— J'ai dit : continuez ! répète ma mère, sa voix montant encore dans les aigus, dure, laide. Deux cents coups de fouet, et tous ceux qui hésitent peuvent la rejoindre.

Les gardes sortent alors de leur stupeur pour me traîner vers le bûcher.

Je crie :

— C'est un meurtre, Votre Majesté ! Vous tuez votre propre fille, votre fille qui porte votre petit-enfant. Ma seule faute a été d'aimer. Vous m'accusez de trahison, mais vous savez que je suis innocente. Vous prenez ma vie pour assouvir votre propre ambition. C'est vous qui attentez contre la couronne, c'est vous qui êtes coupable de haute trahison.

Mes paroles sont courageuses, mais je suis impuissante contre la force brute de ces hommes. Ils m'attachent au bûcher sans oser me regarder dans les yeux. Le tambour bat de plus en plus fort, sa vibration est un prélude à ma mort.

Je lève les yeux vers le firmament à temps pour voir une étoile filante traverser le ciel. Et ici, à la fin de ma vie, sans espoir, mais pleine d'amour, je murmure mon dernier vœu.

17

Damien

Comme convenu, je gare l'Alfa Romeo dans un bois, à quelques kilomètres de la frontière de Nightgardin. Un hélico aurait été trop repérable, mais j'ai peur que tous nos efforts ne soient vains. Je suis arrivé ici aussi vite qu'il était humainement possible, mais il m'a quand même fallu des heures — des heures exténuantes, seul avec mes sombres pensées, à imaginer le sort que cette sorcière impitoyable et son roi sans courage réservaient à Juliet.

Juliet, qui croit que je l'ai oubliée.

Juliet, qui croit que je ne peux pas l'aimer.

Juliet, qui ne sera peut-être plus quand j'arriverai jusqu'à elle.

Dès que je sors du véhicule, quelque chose s'agite dans les broussailles devant moi.

Je me suis bagarré dans un bar, plus d'une fois et plus de dix. Je peux rendre les coups si mes mains ne sont pas attachées dans mon dos ou si je ne suis pas assommé par un putain de pistolet. Mais je n'ai pas pensé à me procurer une arme avant de sauter dans ma voiture. À vrai dire, je n'ai même pas l'ébauche d'un plan.

Le bruit revient, et cette fois, tout le buisson bouge. Je suis prêt à me battre jusqu'au bout.

— Montrez-vous !

Un cheval hennit. Soulagé, j'avance guidé par le bruit dans l'obscurité à peine éclairée par un rayon de la lune pâle. De l'autre côté du taillis un coursier blanc est attaché à une branche. Un arc et un carquois plein de flèches sont fixés à la selle. Je ne peux que rire. X me surprendra toujours.

Une note est également épinglée sur le carquois.

Votre Altesse,

Voici Maximus. Il obéira à tous vos ordres, car il a été formé par l'Ordre pour être monté par vous et seulement par vous.

— Pardon ?

Je n'ai pas pu m'empêcher de parler à voix haute.

Ne demandez pas comment. Vous savez bien depuis le temps que c'est inutile. Tout ce que vous devez savoir, c'est que vous pouvez faire confiance à ce cheval pour vous conduire à Juliet, et qu'il vous fera confiance en retour. Ne le quittez pas et vous serez en sécurité.

Je secoue la tête en riant, mais je fais confiance à X. Il a sauvé Nikolaï et Kate de notre belle-mère trop ambitieuse. Il a empêché Rosegate d'utiliser Evangeline, la femme de Benedict, pour faire main basse sur la carte qui mène à la fontaine… si elle existe.

Avec un arc, des flèches et beaucoup d'espoir, je détache le cheval et je le monte.

— En avant, Maximus !

Puis on s'élance au galop dans la nuit.

Mes années d'exil m'ont mené partout dans le monde, mais j'ai toujours ressenti une forte attirance pour Nightgardin, malgré ses différences avec Edenvale. Peut-être qu'inconsciemment j'étais attiré par Juliet. Quelle que soit la raison, c'est dans ce pays que j'ai passé le plus clair de mon temps, ce qui signifie que je le connais presque aussi bien que le mien.

Nous traversons le domaine royal par l'est, où la forêt nous permet d'avancer sans être vus. La place du Royaume se trouve au centre de l'enceinte cernée de remparts. Il suffira d'éliminer les gardes et de franchir la porte du Levant, et le tour sera joué.

Plus facile à dire qu'à faire…

Même si je suis doué pour le tir à l'arc, je ne veux pas frapper le premier. En plus, ils seront tous armés.

On est tout près de la lisière de la forêt, Maximus lève la tête, impatient. Je lui tapote l'encolure.

— Du calme ! On arrive…

Puis une idée me vient.

Je fouille dans la poche de ma veste et je souris quand je trouve ce que j'espérais y trouver : un briquet.

Les cigares de Nightgardin sont illégaux à Edenvale,

mais au diable si ce ne sont pas les meilleurs ! Et lorsque j'en trouve un ou que l'on m'en offre, j'aime être préparé.

J'arrache ma veste et ma chemise, et j'enroule cette dernière autour du fût d'une flèche, près de la pointe.

— Tiens-toi prêt, Maximus…

J'espère vraiment que X a raison et que je peux faire confiance à mon destrier.

Je vérifie que la chemise est bien fixée et qu'elle ne tombera pas, puis je l'enflamme avec le briquet.

— Trois… deux… un. En avant, Maximus !

Il se dresse sur ses pattes arrière avant de bondir. Dès que nous pénétrons dans l'espace bien éclairé autour du palais, je repère ce que je cherchais — le transformateur électrique qui alimente une grande partie — sinon la totalité — des bâtiments situés derrière les portes.

Alors que Maximus galope vers l'entrée à toute vitesse, je prépare mon arc.

Je vise.

La flèche part, des étincelles volent, et le poteau de bois sur lequel repose le transformateur prend feu. Cela crée une confusion parmi les gardes, qui partent dans toutes les directions. Ce n'est pas la Garde noire.

Je serre les dents. La Garde, dans son intégralité, est sur la place, à faire Dieu sait quoi à ma femme. À mon enfant.

Mon cheval et moi filons droit sur la barrière.

Une barrière beaucoup trop haute pour qu'il puisse la franchir. Mais il ne ralentit pas, et je ne lui ordonne pas de le faire, parce que c'est notre seule chance. Soit on meurt de ce côté, soit on meurt en essayant de passer de l'autre.

Des cris de « Halte là ! » et de « Feu ! » résonnent dans le chaos. Maximus est près de la porte, encore plus près et… on s'envole.

Ou c'est tout comme.

Des coups de feu retentissent, je grogne lorsqu'une douleur fulgurante me traverse l'épaule, tandis que Maximus franchit le dernier obstacle qui se dresse entre mon épouse et moi.

Quand ses sabots heurtent le sol, je m'accorde une fraction de seconde pour regarder ma blessure.

Du sang coule le long de mon bras nu, et je me souviens que ma chemise est à l'extrémité brûlante d'une flèche, ma veste quelque part dans la forêt. Je n'ai d'autre protection que la vitesse et la pointe de mes armes.

Mais ce n'est qu'une égratignure. Rien que je ne puisse endurer pour sauver ceux que j'aime.

Ma femme. Notre enfant. Le destin de nos deux royaumes.

Tiens bon, Juliet. J'arrive.

Juliet

Le bourreau s'agenouille.

— Pour ce que je m'apprête à faire, princesse, je vous demande humblement pardon.

Je fixe l'homme qui va me donner la mort. Dans mon pays, la coutume veut que le prisonnier condamné absolve son exécuteur. Tout possède son rituel ici, même les meurtres prescrits par l'État.

— Non, réponds-je d'une voix claire et forte. Si vous faites cela, vous tuerez votre future reine et l'héritier qui viendra après moi. Je n'offre aucun pardon pour un tel acte.

Un brouhaha traverse la foule. Ma réaction est inattendue. Je ne joue plus le jeu selon leurs règles. Mais comment pourrais-je me taire, alors que la torture m'attend et que mon enfant à naître ne viendra pas au monde à cause de la folle ambition de ma mère ?

Les murmures prennent de l'ampleur, je vois des têtes se tourner, les regards quitter l'échafaud pour observer un point derrière eux. Des cris s'élèvent.

— Arrêtez cet homme !

— Élevez des barricades !

— Feu !

Une volée de coups de feu claquent, et la foule paniquée se disperse. Des gens se jettent à terre, d'autres courent dans tous les sens.

C'est le chaos.

Et c'est là que je le vois.

Damien fond vers moi sur un magnifique cheval blanc, un arc armé, la flèche emboîtée sur la corde, la pointe en feu.

Il n'a pas une armure brillante. Il ne porte que l'encre qui recouvre sa peau. Il est pâle, mais ce n'est pas le chevalier de la mort, c'est mon champion qui vient me sauver.

— Damien !

Je crie, comme s'il pouvait ne pas me voir, moi qui, attachée au pieu, me trouve au centre du spectacle.

— Je suis là ! Je suis là !

Les gardes noirs, en silence et comme un seul homme, m'entourent en sortant des fusils d'assaut de leur dos.

— Allumez le bûcher ! crie ma mère. Oubliez les coups de fouet ! Allumez le bûcher !

Le bourreau se lève et jette un coup d'œil sur les tas de bois à mes pieds. Les rameaux sont secs et puent l'essence. Il suffirait d'une étincelle pour que je flambe plus vite qu'une bougie d'anniversaire.

— Ne faites pas ça, lui dis-je. Vous êtes en direct à la télévision. Le prince d'Edenvale approche. Pensez-vous qu'il aura pitié de vous si vous tuez sa femme et son enfant ?

Le bourreau se retourne pour regarder Damien. Le visage de mon prince montre une détermination farouche.

— Veuillez me pardonner, Votre Altesse.

Il sort une longue dague du fourreau qu'il porte à la hanche et l'approche de mon ventre. Puis, avant que j'aie pu crier, il coupe habilement les liens qui me retiennent, sans même déchirer mes vêtements.

— Votre bonté ne sera pas oubliée, dis-je dans un halètement.

Mais il s'éloigne déjà, esquivant les balles qui sifflent.

— Juliet ! hurle Damien. Plonge sur ta gauche !

J'obéis sans hésiter. Au moment où je touche le

sol, la flèche traverse les airs et allume le bûcher. Les flammes s'élèvent autour du pieu vide.

Damien éperonne son étalon et ils chargent. Les gardes doivent choisir : reculer dans les flammes ou se faire écraser par des sabots rageurs.

Tous prennent la troisième option surprise : s'éparpiller dans la cour.

— Ta main ! crie mon prince.

Je me dresse en lui tendant les bras. Il m'attrape et me hisse avec lui sur le cheval.

— Au galop, Maximus !

La voix de Mère gronde au loin :

— Rattrapez-les !

Des projecteurs se braquent sur nous.

— On dirait qu'on a de la compagnie, grogne Damien, un bras autour de ma taille pour m'empêcher de tomber.

Une jeep blindée surgit de nulle part. La distance entre elle et nous rétrécit de seconde en seconde.

Je connais un chemin.

— Damien ! À droite !

Mon cœur bondit de joie quand il m'obéit sans poser de question.

Maximus saute par-dessus une haie et la jeep s'arrête net, bloquée.

— Où allons-nous, princesse ?

— C'est par là que je me suis échappée, la nuit où on s'est rencontrés au Voile, dis-je. La montagne de ce côté forme une barrière naturelle, mais un vieux tunnel d'irrigation à l'angle sud nous mènera jusqu'à la ville.

— Le voilà, dit-il.

La bouche noire du tunnel est à peine visible dans l'obscurité, on s'y enfonce. Maximus avance vaillamment, même s'il n'y a que quelques centimètres d'espace de chaque côté, et pas plus au-dessus de nos têtes.

La lumière au loin se rapproche à chaque foulée.

Quand nous débouchons de l'autre côté, quatre voitures de police nous attendent, toutes sirènes hurlantes.

Damien fait grimper le cheval sur un talus qui borde une route escarpée.

— Tu reconnais ? me dit-il à l'oreille, son souffle chaud contre ma peau.

J'ai besoin de quelques secondes pour m'orienter. Mais oui. C'est le même chemin qu'on a pris à la sortie du Voile.

— Nous allons au Saut des Amants, je murmure en tournant la tête pour chercher. Tu t'en souviens ?

— Oui. Je me souviens de tout, répond-il, les yeux brillants. De chaque précieux instant.

J'ai les larmes aux yeux. Nous fuyons à cheval pour sauver nos vies, mais c'est comme si le temps s'était arrêté.

— Je vais nous sortir d'ici vivants, promet-il, et nous allons élever notre enfant et vieillir dans un endroit si calme qu'on y mourra d'ennui.

J'éclate de rire.

— La vie avec toi ne sera jamais ennuyeuse.

La ville est derrière nous. Maximus galope et galope sur la route sinueuse, puis nous y sommes.

Le Saut des Amants.

Pendant quelques secondes, le calme règne, et je crois vraiment que nous sommes parvenus à semer les sbires de ma mère.

Mais un hurlement de sirènes se fait entendre. Très vite les quatre voitures de police dérapent dans le dernier virage.

— L'heure de vérité, dis-je. Fais-nous faire le grand saut, Damien.

Il me serre fort.

Mon rire est orgueilleux, nerveux aussi, quand j'ajoute :

— Peut-être que le nôtre aura une fin plus heureuse.

— Il n'y a pas d'autre issue, constate-t-il d'une voix rauque.

— Je te fais confiance, dis-je avec conviction. Je remets ma vie entre tes mains, ainsi que celle de notre bébé. Damien… Je t'aime.

Il m'embrasse et ce bref baiser a le goût d'une promesse à la vie, à la mort.

Puis c'est le grand saut dans le vide.

18

Damien

Je ferme les yeux et serre Juliet contre moi. Je ne la lâcherai pas. Même si nos corps se brisent au pied de cette falaise, ma femme sera dans mes bras. Et elle mourra en sachant ce que je n'ai pas su lui dire avant.

— Je t'aime aussi !

L'écho de la montagne reprend mon cri. La chute est vertigineuse, j'oublie de respirer. Puis mes dents s'entrechoquent. Nous avons atterri. Nous sommes toujours sur le cheval.

Nous ne sommes pas morts.

— Nous sommes morts ? demande Juliet.

— Non, dis-je. Je ne crois pas. Ça va ?

— Oui.

Sa voix porte loin dans cet étrange silence. Il fait tellement noir que je ne sais pas où nous sommes. Mais je vois, quelque part au-dessus de nous, les faisceaux lumineux de lampes torches. Toutefois, ils ne nous visent pas, les gardes doivent être encore plus déboussolés que nous. Quand ils chercheront sans succès nos corps à l'aube, ils penseront que nos restes ont été recueillis par Edenvale.

Je gratouille l'encolure de Maximus.

— Bon travail, mon ami.

Il gémit, je sens qu'il hésite à avancer.

— Merde…

— Qu'est-ce qu'il y a ? chuchote Juliet.

— C'était un atterrissage difficile, dis-je. Cette nuit, j'ai vu Maximus faire des choses qu'aucun autre cheval ne pourrait faire, mais… cette chute ?

La terre tremble sous nos pieds, Juliet crie.

— Qu'est-ce qui se passe ?

Je ne veux pas répondre. Si je ne me trompe pas, nous avons atterri sur une petite saillie — et il y a de fortes chances que le poids de l'impact ait fissuré la pierre.

Ce n'était donc qu'un bref sursis avant la fin.

Encore une secousse, mais il n'y a pas d'éboulement. On bouge, oui, mais… c'est comme si on partait *en arrière*.

On dirait que nous sommes sur une sorte de plate-forme mobile… ce qui signifie que celui qui se trouve à son extrémité nous attendait.

J'arme l'arc et je me tourne vers l'arrière-train de Maximus. Je vise à l'aveugle.

— La Garde noire, dit Juliet d'une voix tremblante. Ils ont sans doute un réseau de tunnels dans nos montagnes. Je n'étais pas au courant. Damien, je suis désolée.

Je voudrais la réconforter, mais nous n'en avons pas le temps.

La respiration de Maximus devient difficile, je le sens chanceler. J'ai juste besoin de lumière. Une fois que je saurai qui sont nos adversaires, je tirerai autant de flèches que possible avant qu'ils ne m'abattent.

— Nous ne mourrons pas sans nous battre.

J'ai fait cette promesse les dents serrées.

Soudain, je comprends que c'est la seule chose que je n'ai jamais faite — me battre pour ce que j'aimais.

Avec Victoria, j'ai fui.

Quand Nikolaï m'a pratiquement renié, j'ai fui.

Quand Père a décidé de me bannir, j'ai fui.

Je ne me suis jamais battu pour changer les choses. Je ne me suis jamais battu pour ce que je voulais. J'ai juste…

Quel lâche je suis !

Je n'ai jamais fait que fuir.

Mais pas aujourd'hui.

Le mouvement s'arrête brusquement et le bruit d'une porte mécanique qui se referme résonne derrière nous.

Et ensuite, la lumière fuse.

Je tends la corde de l'arc dès qu'une silhouette apparaît devant moi et je cille pour faire le point. Puis je distingue les traits de la personne devant nous et laisse tomber l'arc et les flèches à terre.

C'est à ce moment-là que le dernier de mes souvenirs perdus revient, un souvenir dont j'ignorais l'absence jusqu'à maintenant.

« Nous allons te laisser vivre », avait dit le chef

des gardes au penthouse. « Parce que tu nous mèneras directement à la reine Cordelia. Et nous pourrons enfin faire ce qui aurait dû être accompli il y a des années. »

Pas morte. Elle n'est pas morte.

— Mère ?

Ma voix tremble, méconnaissable. Même si je n'ai jamais rencontré cette femme, elle a toujours vécu en moi grâce aux photographies et aux souvenirs de mes frères et de mon père.

Elle inspire, nerveuse, et son émotion contraste avec sa tenue, une combinaison, des bottes de combat et un baudrier d'escalade.

Je descends du cheval puis j'aide Juliet à en faire autant. Dès que ses pieds touchent le sol, Maximus s'effondre.

Oh non ! Pas ça ! Nous n'avons pas franchi tous ces obstacles pour que mon noble ami meure maintenant.

— Accroche-toi, mon pote, dis-je à l'animal en caressant sa crinière.

Encore un gémissement.

Je me rapproche de ma mère — que j'ai failli tuer d'une flèche à bout portant.

Alors que je la croyais morte.

À cause de moi.

Dans un élan de colère, j'attrape son poignet, mais elle ne réagit pas. Pas un mot, pas un geste !

Je remonte sa manche jusqu'au coude et j'y découvre, comme je m'y attendais, le tatouage d'une plume de corbeau.

Je m'emporte, je hurle :

— Tu fais partie de l'Ordre ? Pendant toutes ces années, je me suis reproché ta mort alors que tu participais à une organisation secrète plutôt que de régner sur ton royaume aux côtés de ton roi ?

— Damien, dit doucement Juliet en me prenant par le bras. Elle a peut-être une explication.

Ma colère explose :

— Une explication ? Pour avoir abandonné sa famille ? Pour avoir laissé son plus jeune fils vivre avec la culpabilité d'avoir tué sa mère en naissant ? Tu ne sais pas comment c'est, de vivre en croyant que chaque battement de ton cœur appartient à quelqu'un d'autre ! Il n'y a rien qu'elle puisse dire…

Ma mère m'interrompt :

— Je n'ai pas toujours fait partie de l'Ordre. En fait, je suis née dans une ferme, à deux pas de la falaise d'où vous avez sauté, le Saut des Amants.

Je secoue la tête.

— La défunte reine d'Edenvale n'est pas née à Nightgardin, lui dis-je, en même temps que je remarque son léger accent.

— Allons, Damien, dit-elle. Tu es celui qui rendra enfin possible l'union de nos deux royaumes. Arrête de nier l'évidence. Je sais que tu as déjà compris.

Elle a raison.

— Tu faisais partie de la Garde noire, je répète, buté.

Elle sourit et hoche tristement la tête.

— Envoyée pour tuer Père, j'ajoute.

Elle acquiesce.

— Mais j'ai échoué dans ma mission, car au lieu de mettre fin à sa vie, je suis tombée amoureuse de lui et lui ai donné trois fils. Trois héritiers beaux et sains. C'est lorsque la Garde a commencé à menacer mes enfants que j'ai compris qu'il fallait agir… J'ai découvert l'existence de l'Ordre peu avant de tomber enceinte de toi.

— X.

— Oui. Il était si jeune quand on s'est rencontrés… Plus jeune que moi, mais déjà l'un des membres les plus influents. Bien que son origine demeure un mystère, je sais qu'il est le seul agent de l'Ordre élevé en son sein depuis l'adolescence. Il m'a fait entrer, il m'a aidée à mettre en scène ma mort et, au cours des dernières décennies, j'ai gravi les échelons jusqu'à devenir responsable de l'Europe. Mais maintenant, Damien… Maintenant je peux rentrer à la maison. Grâce à vous. À Juliet et à toi.

— Je ne comprends pas, dit Juliet. Mon pays veut ma mort.

Ma mère secoue la tête avec un sourire las.

— C'est ta folle de mère qui veut ta mort. Dommage qu'elle ait oublié le peu de pouvoir qu'ont réellement les reines de ce pays quand elles ne sont pas soutenues par leur roi.

C'est alors qu'une autre silhouette apparaît, et je me rends compte maintenant de son absence dans la mêlée sur la place.

— Oh mon Dieu, s'exclame Juliet. Père !

— Ma fille…

Mon père, lointain et formel, s'avance et m'enveloppe d'une étreinte tendre de papa ours.

— Dieu soit loué ! Je pensais t'avoir perdue pour de bon ce soir.

— Tu veux dire que ce n'était pas ce que tu voulais ? Où est-ce que tu étais ? Pourquoi ne m'as-tu pas aidée ?

Son visage s'assombrit.

— Elle m'avait drogué.

— Mère ?

Il acquiesce.

— Depuis des semaines. Je viens seulement d'apprendre la vérité. Elle a répandu des rumeurs sur mon compte, affirmant que j'étais malade, alors qu'elle me bourrait de narcotiques pour me tenir à l'écart pendant qu'elle peaufinait sa trahison.

La mère de Damien s'avance. C'est la femme qui m'a interrogée dans la Cave.

— Nous l'avons délivré il y a deux heures. Lorsque nous avons pu lui administrer une mixture pour contrecarrer les sédatifs, il a retrouvé sa santé et toutes ses capacités mentales.

— Et maintenant, nous allons mettre fin aux ambitions insensées de mon épouse, dit-il. Pendant trop longtemps, je n'ai pas pris ses paroles au sérieux. Ces histoires sur la fontaine de Jouvence d'Edenvale, son désir de gouverner pour toujours… Au début, il y a des années, quand elle a commencé à en parler, j'ai cru que c'étaient des fantasmes, une lubie. Mais ensuite sont arrivées les injections quotidiennes, les chirurgies plastiques, ces régimes étranges. Finalement, quand j'ai pris conscience qu'elle croyait vraiment pouvoir régner éternellement, je lui ai dit qu'elle délirait, qu'elle avait besoin de soins psychiatriques. C'est à ce moment-là que je suis tombé « malade ». Elle venait dans ma chambre toutes les six heures pour s'assurer personnellement que j'étais hors jeu, tout en diffusant des communiqués officiels sur ma santé précaire. Il n'y a plus de temps à perdre maintenant. Nightgardin a besoin d'un roi ce soir.

— Et Edenvale viendra à votre secours, déclare Damien en jetant un coup d'œil à sa mère. Tu as encore beaucoup de choses à expliquer, Mère, mais ce soir, nous allons détruire le monstre qui menace ma famille et créer un avenir sûr pour ma femme et mon enfant.

— Damien. Je suis si fière de l'homme que tu es devenu…

La voix de sa mère est rauque, et je suis frappée de voir à quel point ils se ressemblent. Mêmes yeux, mêmes gestes.

Son fils la regarde avec une expression intense.

— En parlant de pères… Le mien sait-il que tu es en vie ?

Une expression de douleur fige le beau visage de cette femme extraordinaire.

— Non. Il n'en a aucune idée. Je ne pouvais pas

le mettre en danger. J'ai tout sacrifié pour ceux que j'aimais, pour ma famille. Je ne le regrette pas et je ne m'excuserai pas pour ce choix.

— Pas même quand il a épousé notre belle-mère ?

Ses épaules se raidissent.

— Je ne pouvais pas m'attendre à ce qu'il vive comme un moine.

Je prends conscience alors d'un fait primordial.

— Mais… Votre Majesté. Reine Cordelia. Vous êtes la reine légitime. Vous devez dire la vérité au roi.

Sa bouche se pince en une fine ligne.

— Il ne comprendra pas. Je n'ai jamais cessé de l'aimer, mais je ne pouvais attendre la même chose de lui. J'imagine sa colère, son sentiment de trahison. Je ne pense pas pouvoir supporter son regard de haine quand il apprendra la vérité.

Damien enlace ses doigts aux miens et dépose un baiser sur le sommet de ma tête.

— Crois-moi, Mère, s'il y a une chose que j'ai apprise, c'est que les chemins de l'amour sont impénétrables. Je ne peux pas assurer qu'il te pardonnera, mais si tu ne lui donnes pas, ainsi qu'à mes frères, la chance de connaître toute la vérité, comment pourrions-nous considérer tes agissements comme autre chose qu'une trahison ?

La reine Cordelia hoche la tête, ses yeux si intelligents sont emplis de larmes. Ces yeux dont mon mari a hérité.

— Nous verrons. Mais pour l'instant, nous devons

nous concentrer sur notre mission : pénétrer dans le palais de Nightgardin et permettre au roi de reprendre le contrôle de la situation.

— Et comment on va faire ça ? je demande. La reine ne renoncera pas sans se battre.

— J'ai raté quelque chose ? lance X, qui apparaît soudain en ajustant le col de son blouson de commando.

— Vous êtes là, vous aussi !

La dernière fois que je l'ai vu, il emmenait à la Cave la fausse doctoresse. Il sourit en tapotant sur son oreillette.

— J'ai suivi les événements en temps réel, en fait. L'hélicoptère nous attend. Il est temps de frapper, vite et fort.

Je lève les yeux au ciel.

— Vous ne conduisez jamais une voiture comme une personne normale ?

— Je suis un excellent conducteur, me répond-il avec un clin d'œil énigmatique.

— Bonne chance, mon fils ! dit la reine Cordelia en tendant une oreillette à Damien. Je serai avec toi, au creux de ton oreille. Nous avons des taupes à l'intérieur du palais. Suivez mes ordres et nous serons réunis au lever du soleil.

— Et tu viendras à Edenvale avec moi, et tu verras mon père ? Mes frères ?

Quand mon mari a une idée en tête…

Elle hésite, ses traits figés dans une expression troublée.

— Oui. Il est temps. J'espère seulement que…

Elle prend une inspiration et force un sourire.

— Les douze prochaines heures promettent d'être intenses.

— Et Maximus ?

Je suis inquiète pour l'étalon. Il se repose derrière nous, calme et courageux, mais ses naseaux palpitent comme s'il avait de la fièvre. Il est évident qu'il souffre énormément.

— Que va-t-il lui arriver ? Je crois qu'il a une patte cassée.

La reine redresse les épaules.

— Il nous a sauvé la vie. Je veillerai personnellement à ce qu'il reçoive les meilleurs soins vétérinaires et qu'il profite d'une longue retraite dans une prairie couverte de trèfles.

X se tourne vers nous.

— C'est l'heure de décoller.

X pose l'hélicoptère de manière experte dans l'angle sud du palais. Le rotor est extraordinairement silencieux.

— Princesse, restez ici, voulez-vous ? Ce sera plus sûr, me dit-il alors que Damien aide mon père à sauter au sol.

Mais je descends de l'appareil moi aussi.

— Hors de question ! Mon corps est peut-être meurtri, mais je ne vous laisserai pas vous amuser sans moi. Après ce que m'a fait ma mère, je veux m'assurer qu'on l'arrête pour de bon. Et je veux que *mon* visage soit le dernier qu'elle voie avant d'être emprisonnée — ou tuée.

Un hibou hulule et X porte la main à sa bouche pour répondre par le même cri inquiétant.

— Bonne nouvelle, annonce-t-il avec satisfaction.

— Qu'est-ce que ça signifie ? s'enquiert Damien.

— Les nôtres ont atteint leurs positions dans tout le château. En ce moment, ils enferment ta mère dans la salle du trône et assiègent les membres de la Garde noire qui ont juré fidélité à la reine.

— Ils paieront pour leur trahison, grogne mon père.

— Bientôt, dis-je en posant une main sur son bras. Nous veillerons à ce qu'ils soient enfermés et ne puissent plus jamais menacer la paix de notre royaume.

Les yeux de mon père s'embuent.

— J'ai commis tellement d'erreurs avec toi, Juliet ! soupire-t-il. Mais dès que j'aurai repris les choses en main, je ne souhaite qu'une chose : abdiquer pour te laisser guider Nightgardin dans le XXIe siècle, avec ton mari à tes côtés.

Je me jette dans ses bras, au bord des larmes.

— Il est l'heure, déclare X.

Damien me tend la main. Je la prends.

— Princesse, prête à reprendre ton royaume ?

— Avec toi à mes côtés ? Absolument ! Et toi, prince, prêt à devenir roi ?

Il frôle ma tempe de ses lèvres.

— J'ai toujours pensé que je ne méritais rien d'autre qu'une vie d'exil et de regrets. Mais te rencontrer a tout changé, Juliet. Je sais maintenant que, avec toi, tout est possible.

— Alors n'attendons pas une minute de plus, mon amour.

Et nous nous élançons ensemble vers notre avenir.

19

Damien

Nous sommes déjà devant la salle du trône et je m'apprête à y entrer quand X m'arrête, sa main sur mon épaule. Il désigne Juliet d'un mouvement de tête.

Je demande :

— C'est sans danger ?

— Oui, Votre Altesse, répond-il avec un claquement de talons et un hochement de tête.

Je recule d'un pas.

— C'est ton trône, dis-je à mon épouse en lui cédant le passage. Prends-le !

Elle enlace ses doigts aux miens.

— Il est à nous maintenant, mon roi. Nous le prendrons ensemble.

Nous entrons tous deux dans une salle au décor somptueux, main dans la main. Devant nous, un tas de corps sur le sol : ceux qui ont résisté. Dans un angle de la pièce, les gardes noirs qui se sont rendus, ligotés et gardés par des membres de l'Ordre.

Et, au-dessus de ce champ de bataille, la reine de Nightgardin elle-même, royalement assise sur son trône, un verre de vin à la main.

— Félicitations, ma fille, ronronne-t-elle en posant les yeux sur Juliet. On dirait que tu as gagné, mais je ne me rendrai pas. Puisque je ne peux plus régner, je partirai comme je le souhaite.

Elle porte la coupe à ses lèvres et, avant même que je comprenne ce qu'elle s'apprête à faire, un cri sauvage me fait me retourner.

— Non ! Pas le poison ! hurle le père de Juliet.

Le sifflement d'une flèche. La coupe de cristal tombe, se brisant sur les dalles en marbre. La reine crie quand la pointe épingle son bras au dossier du trône.

Le sang coule de la plaie alors que le roi fond sur sa femme, l'arc encore à la main.

— La mort n'est pas la réponse, rugit-il. Tu as besoin d'aide, mon amour.

Elle secoue la tête en se tortillant, ce qui doit lui causer une douleur insupportable.

— Je ne vieillirai pas ! gémit-elle, les dents serrées. Je ne finirai pas mes jours derrière les barreaux d'une cellule sordide !

Le roi laisse tomber l'arc au pied de l'estrade et monte les marches. Toute la salle se fige en le voyant sortir de sa poche un couteau, dont il se sert pour trancher le fût de la flèche et le retirer avec précaution du bras de son épouse.

Celle-ci s'évanouit avec un râle.

Je me penche vers Juliet en chuchotant :

— Tu savais que ton père était un tireur d'élite ?

Elle secoue la tête. Ses yeux sombres sont grands ouverts, comme si elle tentait de comprendre ce qui vient de se passer.

— Je savais qu'il pratiquait le tir à l'arc, mais Mère ne m'a jamais autorisée à le rejoindre au stand de tir.

Le roi se tourne vers le public.

— La reine doit répondre de ses crimes contre notre pays — contre sa propre fille et son propre mari, déclare-t-il. Mais la mort n'est pas la réponse. Il est encore possible de l'aider. Elle sera enfermée, je vous le promets. Mais elle recevra les soins médicaux dont elle a besoin pour redevenir la femme que j'ai aimée.

Il tombe sur un genou.

— Accordez-moi cette dernière grâce au moment de mon abdication. Je vous cède le trône, reine Juliet et roi Damien. Puissiez-vous régner en paix et ensemble. Et puissiez-vous réunir deux pays qui se sont battus si férocement pendant bien trop longtemps. Je demande humblement la permission de me retirer dans un monastère pour vivre le restant de mes jours dans la contemplation et la prière. J'ai beaucoup à expier.

Je serre la main de Juliet.

— C'est ta décision, ma reine. Je soutiendrai ton choix.

Elle me rend mon geste. Elle est nerveuse, mais je connais maintenant sa force.

Elle redresse les épaules, garde la tête haute.

— Merci, mon père, déclare-t-elle d'une voix

ferme. J'aurai pitié de ma mère. Nous fixerons une date pour son procès quand elle se sera remise de sa blessure.

Le père de Juliet se lève et prend son épouse encore inconsciente dans ses bras.

— Merci, Votre Majesté, dit-il en inclinant la tête.

Puis il est escorté hors de la salle par trois membres de l'Ordre.

C'est alors que je le vois, ligoté et bâillonné — le garde qui a traîné Juliet hors de mon appartement le jour où ils m'ont volé mes souvenirs. Le même qui me l'a encore ravie à l'hôpital, alors que je me vidais de mon sang dans l'ascenseur.

— J'aimerais pouvoir dire que je partage ton penchant pour la clémence, dis-je à ma femme. Peut-être qu'un jour j'apprendrai à être comme toi.

À ces mots, je lui lâche la main pour me diriger vers le garde.

Je détache son bâillon et il le crache par terre. Je tremble de colère.

— Qu'est-ce qu'elle t'avait promis ?

L'homme ne répond pas.

Je lève ses mains liées, examinant les cicatrices sur la droite — là où ma femme l'a mordu quand il la traînait brutalement vers une mort certaine. Cet homme à ma merci a failli nous tuer, mon enfant, ma femme, moi.

Je remarque sa mâchoire carrée, la ligne parfaite de son nez, sa peau rasée et sans tache. Et je comprends. À un autre moment, j'aurais pu trouver cela amusant.

— Elle t'a promis la vie éternelle, n'est-ce pas ?

Elle t'a promis que tu resterais le spécimen parfait que tu es à jamais.

Il fait un geste pour enrouler ses mains liées autour de mon cou, mais il est trop lent. Je le bloque d'une main et le frappe au visage de l'autre.

L'os cède sous mon poing, et le sang coule de son nez, couvrant ses lèvres et son cou. Il crie et moi, je secoue ma main, dont la peau s'est ouverte aux articulations. Mais bon sang, ça valait le coup.

— Veillez à ce que la blessure ne soit pas correctement soignée, dis-je.

— Oui, Votre Majesté.

La réponse vient à l'unisson des frères et sœurs de l'Ordre, X inclus. Elle résonne même dans mon écouteur, la voix haute et claire de ma mère.

— Et assurez-vous qu'il soit enfermé jusqu'à son procès dans une cellule aux murs couverts de miroirs, afin qu'il ne puisse pas fuir l'image de son visage détruit.

Je passe les doigts sur mes cicatrices, les anciennes et les nouvelles, et, pour la première fois de ma vie, elles ne me semblent pas être une juste punition à mes fautes, le prix à payer pour les vies que je croyais avoir fauchées. Aujourd'hui, elles me rappellent le chemin parcouru, le pardon de mon frère que j'ai gagné, l'amour de mon épouse.

Ma reine.

Je me dirige vers Juliet et l'enlace pour la serrer fort contre moi. Elle me serre tout aussi fort et je sais qu'elle pense aussi à nous, à notre histoire, à tous les écueils franchis pour arriver jusqu'ici.

— Désolé, dis-je tout bas. Mais il t'a fait du mal et, ça, je ne pouvais pas le lui pardonner.

Juliet hausse les épaules.

— Si tu ne lui avais pas cassé le nez, j'aurais été obligée de le mordre à nouveau. Tu m'as épargné cette peine.

Je ris, puis je pose une main sur son ventre où notre enfant continue de vivre et de grandir. Je sais maintenant la profondeur de l'amour dont une mère et un père sont capables.

Je sais que, malgré sa trahison, ma mère a fait ce qu'elle devait pour protéger les siens et notre pays.

Main dans la main, Juliet et moi marchons vers l'estrade. Puis nous nous tournons vers la foule avant que Juliet ne prenne place sur un trône et moi sur l'autre.

— Je te pardonne, maman, dis-je doucement, sachant qu'elle écoute. Il est temps pour toi de rentrer à la maison.

Juliet

Cette arrivée au palais d'Edenvale est très différente de ma première. D'une part, nous voyageons dans un cortège de voitures, un honneur digne d'un prince… et d'une future reine dont le couronnement est proche.

— Ça va aller, répète Damien à sa mère pour la dixième fois en autant de minutes.

J'en profite pour observer son visage pâle, ses

lèvres exsangues. Elle est belle, bien que ses années d'isolement aient creusé des rides autour de ses yeux.

Son regard pénétrant me fascine, comme la ressemblance entre elle et son fils.

— Pourquoi me regardez-vous ainsi ? me demande-t-elle.

Je déglutis avec difficulté, troublée par sa franchise, mais aussi par le fait qu'à partir de maintenant je vais vivre parmi des gens pour qui la franchise n'est pas un vain mot.

— Je vous admire.

La surprise agrandit ses beaux yeux.

— Vous avez tout sacrifié pour protéger vos enfants. Dans quelques mois, j'aurai moi aussi un enfant, et je ne peux qu'espérer que, si le moment venait pour moi de prendre une décision aussi difficile, je saurais me montrer aussi altruiste que vous.

Elle me répond par un doux sourire.

— Quelque chose me dit, Juliet, que tu seras très forte. Et que tu feras une reine remarquable.

Alors que nous franchissons les portes ouvertes du palais, un long alignement de gardes en uniforme de parade lèvent des trompettes étincelantes pour entonner l'hymne national d'Edenvale.

Sur les marches, Nikolaï et Benedict, Kate et Evangeline... et le père de Damien. Le roi.

Damien sort pour aider sa mère, puis moi, à descendre de la Rolls-Royce.

Les trompettes se taisent et le silence règne.

Le roi, abasourdi, descend dans un état second les marches du perron.

— Co… Cordelia ? bégaie cet homme que je n'ai jamais entendu s'exprimer qu'avec une éloquence parfaite. Mon Dieu… C'est vraiment toi ? On m'a dit que tu venais, mais je n'ai pas pu le croire. J'étais certain que c'était une imposture, un nouveau complot. Je n'osais laisser mon cœur espérer.

— Tu… espérais ? Oh ! mon amour…

La reine Cordelia sanglote.

Le roi parcourt la brève distance qui les sépare et attire sa femme dans ses bras pour l'embrasser d'un baiser où brûle le chagrin de vingt ans de séparation.

— Je t'embrasserai encore comme ça à leur âge, me promet Damien en me mordillant l'oreille. Mais pour l'instant, tout ce que je veux, c'est t'emmener à l'intérieur.

Je frissonne, sachant exactement ce qu'il veut dire. La tension entre nous est électrique et, même si je veux me concentrer sur les heureuses retrouvailles entre Cordelia et ses deux autres fils, je ne peux ignorer l'impatience qui me consume. Ce désir dévorant d'être avec Damien et de ne faire qu'un avec lui — comme il y a quelques semaines, et pour le reste de nos vies. Je ne suis plus une fille perdue honteuse de ses pulsions sexuelles, mais une reine prête à réclamer ce qui m'appartient de droit.

— Nous rentrons pour nous rafraîchir, annonce Damien.

Je feins d'ignorer le rire de X et nous tournons les talons. Mais la voix du roi nous retient :

— Attends, mon fils. Un mot !

Damien se raidit.

— Père ?

— Merci, dit le monarque, les yeux embués. Tu m'as rendu mon âme. Je ne pourrai jamais rattraper les années perdues, mais je te promets que je ferai tout mon possible pour effacer la brèche qui s'est creusée entre nous.

— Tout comme moi, ajoute Benedict.

— Et moi, renchérit Nikolaï, qui avance pour serrer la main de son frère. Tu as mis notre famille sur la voie d'un avenir encore plus prometteur que je n'osais l'espérer. Merci, au nom du royaume, et de ma part à moi, ton frère.

La virilité de leur accolade ne trompe personne. L'émotion les submerge.

Ensuite, nous sommes enfin dans notre chambre. À vrai dire, je ne sais pas comment nous y sommes arrivés. Peut-être en volant, parce qu'il me semble impossible d'avoir pu esquisser un seul pas. Tout ce que je sais, c'est que nous nous retrouvons nus, agenouillés face à face au milieu du grand lit royal, digne du nouveau rôle de Damien, roi de Nightgardin. Mon royaume, qui est maintenant le nôtre.

Sa main est déjà entre mes cuisses. Je pourrais fort bien me passer de préliminaires, mais je savoure les caresses de ses doigts savants sur mon clitoris. Je lèche ma paume en le regardant dans les yeux puis je la ferme sur son sexe, et il gémit.

Je vais mourir de désir…

Bientôt il sera en moi.

— Nerveuse ? demande-t-il.

— Non, mon amour.

Ma voix est rauque, comme son rire.

— Ça fait au moins un sur deux.

J'arrête son geste lorsqu'il insinue un doigt à l'orée de mon sexe.

— Non. J'ai besoin de toi. Juste de toi.

— Juliet, gémit-il en me poussant sur le lit. Je ne suis pas sûr de pouvoir être doux.

— Parfait.

Je griffe son dos musclé sur toute la longueur et il gémit.

— Parce que je veux connaître mon mari sous toutes ses facettes. De la plus tendre à la plus sauvage.

Il se penche et prend mon sein dans sa bouche avec une passion féroce qui me met à sa merci.

— Fais attention à ce que tu dis, murmure-t-il.

Puis, d'un simple mouvement de ses hanches étroites, il introduit son sexe en moi, comblant à la fois mon corps et tous les désirs de mon cœur. J'enroule mes cuisses autour de sa taille et ajuste ma cadence à la sienne. Nos corps s'emboîtent à la perfection, nos lèvres se retrouvent, exigent, pillent, réclament. Il faudra beaucoup de travail et de temps pour guérir les ravages du règne de mes parents, mais, ensemble, nous saurons asseoir les bases d'un nouveau régime et donner à mon peuple un avenir plus vaste et plus serein.

— Damien, dis-je alors que l'orgasme monte en moi comme une vague inexorable. Je t'aime. Je t'aime à la folie.

— Je t'aime au-delà de tout ce que les mots

peuvent exprimer, répond-il. Tu m'as sauvé, de bien plus de façons que tu ne l'imagines.

— Nous nous sommes sauvés l'un l'autre.

Parce que c'est la vérité. La vérité pure et simple. La renversante vérité.

— Ma reine…

Et il m'embrasse encore, et nous nous envolons ensemble dans une spirale de plaisir infini.

Et je sais alors que nous ne sommes plus un désastre royal, et que la vie qui nous attend ne sera rien de moins que magnifique.

Épilogue

Damien

Juliet et moi allons à Edenvale pour le dîner de famille mensuel. S'il n'y avait pas les lambris dorés dans la grande salle à manger et le fait que celle-ci se trouve à l'intérieur d'un palais, on pourrait nous prendre pour une famille normale. Qui rit ensemble, dîne ensemble et déborde d'amour.

Certes, elle compte deux reines, deux rois et des princes et des princesses qui, parfois, se lancent dans des courses-poursuites endiablées afin de déjouer des complots qui cherchent à voler l'eau miraculeuse d'une supposée fontaine de Jouvence offrant la vie éternelle.

— X ?

L'intéressé lève les yeux de son assiette. Depuis le retour de maman, il est plus notre invité que notre employé. Mais ce soir, c'est son dernier repas avec nous, et c'est pourquoi, même si elle a atteint ses dernières semaines de grossesse, Juliet a insisté pour venir.

Tant de choses se sont passées au cours des derniers mois qu'il semble que nous ayons oublié ce qui a tout déclenché. Je m'attendais à ce que X nous le dise de lui-même, mais il ne l'a pas fait. C'est peut-être parce qu'il est chargé de garder le secret, mais j'estime que nous avons tous le droit de savoir. Après la réaffectation de X, qui sait si nous le reverrons ?

— Oui, Votre Majesté ?

— Cette fontaine, est-ce qu'elle existe vraiment ?

La pièce est silencieuse et tous les regards se braquent sur X et moi.

Il hoche la tête une fois.

— Oui, mais ce n'est pas ce que tu crois.

Il se tourne vers ma mère, et celle-ci prend le relais :

— Il y a des centaines d'années, commence-t-elle, une terrible épidémie a ravagé nos terres, d'ici jusqu'à Nightgardin. Après la dernière grande guerre, quelques décennies plus tôt, des mineurs d'Edenvale creusaient les catacombes, et ils sont tombés sur une cascade souterraine qui se déversait dans un petit étang. Ce n'était donc pas exactement une fontaine. L'eau était bonne et ils en buvaient pendant qu'ils travaillaient — avec la permission de la famille royale, bien sûr, après que les réservoirs ont tous été remplis en prévision des sécheresses.

Elle échange un regard avec X, qui poursuit le récit :

— Les femmes et les enfants des mineurs ont succombé à la peste, mais ceux qui avaient bu de cette eau n'ont pas seulement survécu : ils ont vécu plus longtemps et sont restés en meilleure santé que n'importe qui d'autre dans le pays, tout comme vos ancêtres.

Il regarde vers mes frères et moi.

— Nightgardin a appris l'existence de cette eau.

Ma mère acquiesce.

— Mais le temps que l'histoire leur parvienne, elle était devenue une légende, une légende à laquelle ils croyaient dur comme fer.

— Et donc la fontaine est à la source des différends qui nous opposent depuis toutes ces années ?

X hoche la tête.

— Et l'Ordre l'a protégée et cachée pendant tout ce temps.

Son regard se lève vers un portrait accroché au mur le plus éloigné — celui de mon père assis seul sur son trône — celui qu'Evangeline a peint il n'y a pas si longtemps.

— La carte est aussi bien cachée, dit-il. Au cas où vous décidiez un jour de localiser la fontaine. Si elle coule encore…

— Oh !

Juliet s'est levée brusquement, renversant son verre sur la nappe damassée.

— Que se passe-t-il ?

J'ai crié, affolé. Juliet tient son ventre rond d'une main et s'appuie de l'autre sur la table.

— Contraction, dit-elle. Et je crois que je viens de perdre les eaux.

De l'autre côté de la table, Kate pousse elle aussi une exclamation et saisit le bras de Nikolaï.

— Mon Dieu, ce n'est pas possible ! fait remarquer ce dernier. Tu as quatre semaines d'avance !

— Et moi deux, précise Juliet entre deux respirations laborieuses. Mais on dirait qu'il y aura deux bébés ce soir !

En quelques minutes, nous sommes au hangar royal. X saute dans la Rolls avec mes parents, Benedict et Evangeline, prêt à conduire ce petit monde à travers la ville. Nikolaï me tend les clés d'un 4x4. Je l'interroge du regard :

— Tu es sûr ?

— Il n'y a personne en qui j'ai plus confiance pour nous y emmener rapidement et en toute sécurité.

— Pas de fidèle destrier blanc ? demande Juliet quand ses contractions s'apaisent.

Je souris.

— Pas ce soir, chérie. Maximus a repris du poil de la bête, mais il n'est pas tout à fait prêt pour un voyage de cette importance. Mais quand notre petite fille sera en âge de monter à cheval, ce sera sur lui qu'elle apprendra.

Au moment où nous nous arrêtons devant l'entrée des urgences, je vois mes parents, Benedict et Evangeline faire irruption sur le parking.

Juliet a une autre contraction et je tourne toute mon attention vers elle pendant ces quelques secondes douloureuses.

Quand je cherche X des yeux, il est parti.

Nikolaï me tape sur l'épaule.

— Prêt à rencontrer ta fille ? demande-t-il en souriant.

— Prêt à rencontrer ton fils ?

Je bondis dehors et cours ouvrir la portière pour ma femme.

— Tu es prête ? je lui demande.

Elle se mord la lèvre et acquiesce.

Mes yeux s'élargissent. Je sors la bague en diamant de ma poche et m'agenouille à côté de sa porte.

— Attends ! J'allais oublier… Nous n'avons pas fait les choses dans le bon ordre. J'avais prévu cela à notre retour ce soir, mais…

— Mets vite cette bague à mon doigt et emmène-moi à l'intérieur ! hurle-t-elle.

Mais son visage rayonne de bonheur. Je fais ce qu'elle me dit et je la prends dans mes bras. Elle rit.

— Je vous aime, Votre Majesté ! je m'exclame, éperdu d'émotion. Vous êtes la plus belle, la plus forte et la plus courageuse des reines.

Elle m'enroule les mains autour du cou.

— Je t'aime moi aussi. Et maintenant, allons rencontrer cette petite oursonne d'amour. Vite !

Je franchis le seuil de l'hôpital avec elle dans mes bras.

Pendant tant d'années, j'ai cru que le but de ma vie était juste d'atteindre le premier la ligne d'arrivée, mais j'ai compris à présent que ce que je veux, c'est que cette course ne se termine jamais. En fait, je crois que je suis enfin prêt à ralentir et à profiter de la vie.

Je vérifie l'heure sur la Rolex à mon poignet en sortant de l'hôpital. Le nouveau chauffeur nommé par l'Ordre arrivera bientôt pour ramener au palais les membres de la famille royale — sauf les deux jeunes mamans et leurs héritiers, bien entendu.

C'est un moment doux-amer. Ma mission au service de la famille Lorentz est terminée et je connais déjà ma nouvelle affectation. Je ne suis pas doué pour les adieux, alors j'ai fait une sortie discrète sous prétexte d'aller chercher de la glace pilée pour la princesse Kate. Une infirmière de confiance s'en occupe déjà.

Une berline noire banalisée m'attend devant l'entrée principale, le moteur en marche. Je manque d'ouvrir la portière du conducteur, mais je me ravise. Je n'ai pas l'habitude d'être conduit.

La portière arrière s'ouvre. Quelqu'un m'attend avec impatience.

Un bras mince dans un long gant de satin noir émerge. Au bout de l'index pend un masque. Noir et en satin, lui aussi.

— Tu connais les règles, X, ronronne une voix de femme que je connais bien. Nos identités restent secrètes. Nous ne partageons que le plaisir de la promenade.

Je sais qu'elle porte déjà le sien, j'enfile donc le loup et m'introduis dans le spacieux habitacle.

— Ça fait… un certain temps, dit-elle.

Ma main la cherche, le bout de mes doigts frôle une cuisse nue.

— C'est un plaisir de te *revoir*, Z.

Je glisse ma main le long de sa jambe, sous sa jupe. Ses cuisses s'écartent.

Pas de culotte.

Elle retient son souffle quand je glisse un doigt dans la chaleur accueillante de son sexe.

— Tu ne te demandes jamais à quoi je ressemble ? demande-t-elle.

Je souris et me penche vers elle. Le son de sa voix est mon guide pour trouver le chemin de ses lèvres. Je mordille celle du bas.

— Est-ce si important ?

On ne s'est jamais vraiment rencontrés, elle et moi. Depuis que je la connais, elle travaille pour l'Ordre en Asie du Sud-Est. Le contact s'est fait au fil de nos missions, mais nous sommes conscients tous les deux qu'il n'y aura jamais rien de plus qu'une relation physique. S'attacher, c'est mettre en danger celui à qui l'on s'attache. Donc, nous nous contentons de ces moments furtifs.

Et c'est déjà pas mal.

— Tu veux ? me demande-t-elle.

En réponse, j'introduis mon doigt encore plus loin en elle. Elle se cambre contre ma paume.

C'est léger. C'est rapide. Et surtout, sans engagement.

Je suis prêt à tout risquer, sauf mon cœur.

— C'est l'heure d'une petite mise en bouche, dis-je.

Sur ces mots, je me mets à genoux devant elle, j'écarte encore ses jambes et je bois à sa fontaine.

Elle enfonce les doigts dans mes cheveux en gémissant.

Je vais nous faire oublier que nous ne savons

rien de l'autre. Que diable, je lui ferai oublier même son prénom.

C'est tout ce que je me permets de désirer, ces courts intermèdes avec cette femme dont je n'ai jamais vu et dont je ne verrai jamais le visage.

Rien de plus.

Retrouvez en août 2019,
dans votre collection

MAGNETIC

Un séduisant imprévu, de Nicola Marsh - N°28

Sérieuse, célibataire, entièrement dévouée à sa carrière... Charlotte en a assez de passer pour une jeune fille sage. C'est décidé, aujourd'hui, elle cédera à toutes ses envies, comme acheter cet ensemble de lingerie sexy repéré dans un magasin... et séduire un bel inconnu. Après tout, que risque-t-elle ? De tomber nez à nez avec son amant d'une nuit au bureau ? Aucune chance !

Le prix du scandale, de Jackie Ashenden - N°29

SÉRIE : KINGS OF SYDNEY - TOME 1/3

Leon n'a pas le choix : s'il veut sauver son entreprise de la faillite, il doit redorer le blason de sa famille, entaché par la mauvaise réputation de son père, ancien ponte de la mafia. Pour ce faire, quoi de mieux qu'un mariage de convenance avec la fille d'un célèbre philanthrope ? Avec Vita à son bras – si belle et si pure –, il sera intouchable. À condition que celle-ci n'ait pas de secret à cacher...

Brûlante tentation, de Caitlin Crews - N°30

SÉRIE : HOTEL TEMPTATION - TOME 1/3

En voyage professionnel en Islande, Margot voit ses plans contrariés par une tempête de neige. Et, comble de malchance, la voilà bloquée dans un hôtel tenu par Thor Ragnarsson, un Viking viril et macho qui ne cesse de la dévorer du regard ! Un comportement qui la scandaliserait, si elle-même ne rêvait pas d'arracher les vêtements de son hôte et de l'attirer dans son lit...

Composé et édité par HarperCollins France.

Achevé d'imprimer en mai 2019.

CPI
BLACK PRINT

Barcelone

Dépôt légal : juin 2019.

FSC
www.fsc.org
MIXTE
Papier issu de sources responsables
FSC® C108412

Pour limiter l'empreinte environnementale de ses livres, HarperCollins France s'engage à n'utiliser que du papier fabriqué à partir de bois provenant de forêts gérées durablement et de manière responsable.

Imprimé en Espagne.